第33回「市民の童話賞」入賞作品集

おかやま しみんのどうわ 2018

岡山市・岡山市文学賞運営委員会 編

ふくろう出版

発刊にあたって

このたびは第三十三回岡山市文学賞「市民の童話賞」入賞作品集『おかやま　しみんのどうわ2018』をご高覧いただき、誠にありがとうございます。

「市民の童話賞」は、昭和四十六年（一九七一年）に岡山市教育委員会が創設した「童話コンクール」を発展させ、昭和五十九年（一九八四年）に、岡山市名誉市民でわが国の児童文学に新しい分野を拓いた坪田譲治氏の業績を称える「坪田譲治文学賞」とともに、岡山市が主催する「岡山市文学賞」に位置づけて改称したものです。

第三十三回を迎えた今回も、市民の皆様に文学の素晴らしさや創作活動の楽しさを実感していただくとともに、坪田譲治氏のふるさと岡山から児童文学の新しい担い手が誕生することを願いながら、岡山市民を中心に広く作品を募集いたしましたところ、小中学生の皆さんから大人の方まで、幅広い年齢層から三百八十六編もの作品が寄せられました。

今回は小中学生の皆さんから数多くの作品が寄せられました。一般の部でも、高校生、大学生、専門学校生など若者から多くの作品が寄せられ、童話・児童文学の書き手のすそ野の広がりが感じられました。

これらの作品の中から、「小中学生の部」六編と「一般の部」六編の合計十二編が、選考委員会での慎重な審査を経て入賞されました。少女の心の成長を描いた物語やテンポの良い語り口で描かれた作品、想像力豊かで幻想的な作品、子どもならではの発想で、純粋で素直に描かれたかわいらしいお話など、個性豊かな作者の皆さんの、それぞれの思いがあふれた作品集ができあがりました。
「市民の童話賞」を通じて、年々創作活動の輪が広がっていることを主催者として誠に喜ばしく存じます。そして、本作品集を手にされた皆様が、文学や創作活動にますます意欲的に取り組まれ、より豊かな人生を送られますよう、心から願っております。

平成三十年一月

岡山市・岡山市文学賞運営委員会

目次

一般の部

優　秀　『おとうと』（第一部）　髙本美夏　6
入　選　『なつのサンタクロース』（第一部）　犬飼倫子　13
入　選　『白ねこのまるちゃん』（第一部）　河口典彦　20
入　選　『小さなケロちゃん』（第一部）　角南知子　27
入　選　『さくらさくおかへ』（第一部）　田中柚香　35
入　選　『与太郎さま』（第二部）　吉原達之　42

小中学生の部

入　選　『キュウリ化け大会』　難波明花（岡山市立石井小学校3年）　52
入　選　『さるのルンちゃんと夏祭り』　岡本福実（岡山市立津島小学校4年）　58
入　選　『うその名人』　黒住大輔（岡山市立桑田中学校3年）　64
入　選　『純白銀河と天使列車』　山本都紀未（岡山県立岡山大安寺中等教育学校3年）　73

一般の部

おとうと

髙本美夏

わたしのおとうとには、へんなくせがあります。それは、そこら中にかおを見つけるくせです。小さくても大きくてもどんな色でも、まるが三つあれば、おとうとにはかおに見えてしまいます。小さな点でも見のがしません。二つの点がよこにならび、その点と点の間のすこし下のあたりにもう一つの点があれば、おとうとにとっては、かんぺきにかおのできあがりです。あ、かおだ、と思ったしゅんかんにおとうとはさけびます。

「メエメエクチあった。」

はじめて聞いた人には、いみのわからないじゅもんに聞こえるかもしれませんが、メエメエクチは、目と目と口のことです。目と目と口をつづけて言うとメエメエクチになるのです。口のつもりのところが、まるや点ではなくて、よこせんやしかくだと、もっとかおらしくなります。口に見えるところと目に見えるところのあいだにもう一つなにかかたちが入っていれば、それがはなに見えて、おとうとはもっとよろこびます。そんなときは、

「あった、メエメエハナクチ。」

とさけびます。

おとうとにとって一ばんみぢかなメエメエハナクチは、わたしたちの家の、ごはんをたべるへやの天じょうとテーブルにあります。ごはんをたべるテーブルは木でできているので、グニャグニャとうねるなみのような木目や、大きさのいろいろなまるいふしがあちこちにあり、ふしが二つあるごとにぜんぶかおに見えるくらいです。目になるふしとふしの大きさやはなれぐあいによって、ぼうっとねむそうなかおにも、びっくりしたようなかおにも、やさしそうなかおにもなります。ごはんをたべているときに、テーブルのかおのちかくにごはんつぶがこぼれて、おとうとが、

「メエメエクチがよだれたらしてる。」

とおもしろがることもあります。おとうとにそう言われると、ほんとうにそう見えてくるからふしぎです。それから、そのテーブルのま上の天じょうには、大きなまるいでん気があります。天じょうにはそのほかに、天じょうのはしのほうのかべにちかいところに、小さいまるいでん気が二ついています。ごはんをたべながら天じょうを見上げると、テーブルからとおいほうの小さい二つのでん気が目で、テーブルのま上のでん気が口の、大きなかおがこっちを見ているように見えます。天じょうのこのかおは、一つ一つのぶひんが大きくてきょりもはなれているので、さいしょにおとうとにおしえられたときにはぜんぜんかおに見えなかったのに、いまではふと見上げただけでもか

おと目が合います。わらってないけど、おこってもいなくて、ちょっとやさしそうなかおなので、わたしはこの天じょうのかおがすきです。

こんなふうにおとうとにおしえられて見えるようになったかおがたくさんありますが、わたしが自分でメエメエクチに気がつくことはほとんどありません。おとうととおなじばしょにいて、おなじものを見ていてもです。

たとえばこのあいだの日ようびは、かぞくでどうぶつ園に行きました。そのときも、行きの車の中からおとうとはかおを見つけっぱなしです。というのも、すれちがう車のほとんどは、ライトとナンバープレートでかおに見えます。道のむこうにたっている家も、はんぶんくらいはまどのはいちがかおになっています。車や家のかべがかおになっているのは見なれてしまって、おとうともいちいちさけばないのですが、その中にときどき、ロボットのようにととのったかおや、ニヤニヤとわらっているようなかおの車や家を見つけることがあり、そういうときには、

「見て見て。メエメエハナクチ。」

とゆびさします。口をあけてしゃべっているみたいに見える家を見つけると、わたしとおとうとは、その家が言っていることばをそうぞうしてあそびます。

「こんにちはー、って言ってるみたい。」

「あそびにおいでよー、って言ってるんじゃない。バイバーイ、またこんどねー。」

しんごうが赤で止まったときにもおとうとがまた、

「メエメエハナクチ。」

とさけぶので、見ると、白いガードレールのつぎ目のぶぶんがすぐちかくに見えていました。そのつぎ目のネジのいちと大きさが、アザラシのクリンとしたまるい大きな目にそっくりで、わたしは目がはなせなくなりました。しんごうが青にかわって車がうごきだすとき、こころの中で、バイバイアザラシくんと言いました。

いよいよどうぶつ園につくと、おとうとはどうぶつ園の入り口が見えてきたところでさけびました。

「見て。どうぶつ園の入り口がメエメエクチになってる。」

そう言われても、わたしにはまだなんのことかわかりません。わたしが見ていたのは、水色と黄色の文字で「ふれあいどうぶつ園」とかかれたかんばんと、チケットうりばにならんでいる人たちでした。おとうとは自分が見つけたかおをわたしにも気づかせようと、わたしのうでをもち上げて、いくつかのばしょにむけながらせつめいしてくれました。

「あの黄色いのとこっちの黄色いのが目で、そのちょっと前のじめんにあるまるいマンホールが口。ほら、わらったメエメエクチになってる。」

そう言われてやっとわかりました。おとうとが見ていたのは、わたしが見ていたかんばんやチケットうりばよりもだいぶてまえにある、車が入ってこないようにするためのパイプと、そのそばのマンホールのふたでした。その黄色いパイプは、トンネルのかたちに上がまるくなっていて、ちょうどニコニコがおをかくときの目のかたちでした。そのニコニコ目のパイプがならんでいる中に、マンホールが一つとてもよいいちにあるので、大きなまるい口をあけてニコニコわらっているかおがわたしたちをむかえてくれているように見えるのです。わたしにつたわったことがわかるとおとうとは、

「メエメエクチがこっちだよーって言ってる。」

と言って、わらいながらニコニコがおのほうへはしって行きました。

それにしても、わたしにはもうどうぶつ園しか見えていないのに、その入り口よりも前にあるパイプとマンホールがかおに見えるなんて、やっぱりかわったくせです。だけど、おとうとにおしえられて、もともとそこにあったのに見えてなかったかおが見えるしゅんかんは、あたまの中でシンバルがシャーンとなるようなたのしいはっけんです。

どうぶつ園に入ってからは、わたしがおしえるほうになりました。おとうとは、そこら中にかおをはっけんするのはとくいなのに、どうぶつのかおを見ても名前をしらないことがよくあるからです。そのときも、

「大きいハトがいる。」

と言うので見るとクジャクだったり、ペンギンを見て、

「これの名前なんだったっけ。白とくろのどうぶつはパンダだったっけ。」

と言ったりするので、クジャクやペンギンの名前をおしえました。そのたびにおとうとはニコニコがおで、

「あ、そうか。」

と言ったけれど、たぶんすぐまたわすれるとおもいます。わたしはどうぶつを見たらその名前をしりたいけれど、おとうとは名前をしらなくても、そのどうぶつを見ているだけでとてもたのしそうだからです。

そろそろかえるよ、と出口にむかっているとき、おとうとが空をゆびさし、その日一ばん大きな声でさけびました。

「すごい。見て。空にメエメエクチがある。」

どういうことかとなため上の空を見て、わたしも、

「わああ。」

とさけんでしまいました。わたしが見上げた夕方の空に、三ばの黒い大きなとりが、上に二わ、下に一わのメエメエクチのいちにならんでとんでいたのです。それもちょうど、上の二わはひろげたはねを体より下に下げて「へ」のようなかたちになり、下の一わははねをまよこにひろげて、大き

なよこ一文字のかたちだったのです。「へ」と「へ」と「一」で、空に大きなえがおが出ていました。うすむらさき色の空が、わたしたちにやさしくわらいかけてくれていて、わたしとおとうとも、しばらくだまって空にえがおをかえしました。

なつのサンタクロース

犬飼倫子

「おやつの時間になったらかえってくるけぇね。ミホは、お家でおるすばんしててくれる？　できるよね？」

ミホはお母さんにきかれて、うん、とこたえます。

「お母さんがかえるまで、げんかんのカギをあけたら、いけんよ。どろぼうが入ってきたらこまるけん」

「はーい」

庭の木にとまって、にぎやかに鳴いているセミの声に負けないくらい、元気よくこたえたミホのあたまをなでて、お母さんは学校の役員会に出かけていきました。

ミホは、「あかずきんちゃん」のえほんをよむことにしました。

あかずきんちゃんがおおかみと出会いそうになったとき、がらがら、と二階のまどがあく音がして、どすん、という音がきこえました。

「なんだろう?」

かいだんを上っていって、へやをのぞくと、くろいふくをきたおじいさんがしりもちをついていました。目の色があおくて、白いあごひげがもさもさとはえていて、のっぽです。外国の人だ、とミホは思いました。なにをしにきたんだろう。どうしてげんかんのチャイムをおさないで、まどから入ってきたんだろう。どうしてシャツもズボンもまっくろで、あんなに大きなふくろをもっているんだろう。

「だあれ?」

トムおじいさんはぎょっとしました。へやの入り口に、小さな女の子がいて、こっちをみつめているのです。

(まずいぞ。これは、けいさんちがいだ)

トムおじいさんは思いました。

このおじいさんは、どろぼうです。お金にこまって、目についた家にしのびこんで、たべものや、たかく売れそうなネックレスなんかをちょうだいしようと思っていたのです。

(まずいぞ。どろぼうだってしられたら、けいさつにつれていかれてしまう)

「ねえ、だあれ?」

もういちどきかれて、トムおじいさんは、あわてて、

「おじいさんはね、サンタクロースだよ」

と答えました。

ミホはびっくりして、

「でも今は、なつだよ」

「な、なつにもサンタクロースはくるんだよ」

「サンタさんはくろじゃなくて赤いふくをきてるんだよ」

「それは、その、たまには、くろいふくをきたくなるんだよ」

「赤いぼうしも、かぶってこなかったの？」

「今日は、はれていてあついからね、ぬいできたんだ」

「どうしてまどから入ってきたの？」

「さ、さいきんの家にはえんとつがないからだよ」

「トナカイはどこ？」

「ト、トナカイはね、なつは、おしごとは、お休みなのさ」

「ふうん」

ミホはうなずいて、そういうものなのか、と思いました。それから、サンタクロースからはプレゼントをもらえることを思い出しました。

「じゃあ、その大きなふくろの中には、いっぱいプレゼントが入っているの？」

トムおじいさんはうろたえます。

（まずいぞ。プレゼントどころか、ちりひとつ入っちゃいない）

「あたしのもある？」

ミホが目をきらきらかがやかせて、ききます。

「えっとねえ。今日のプレゼントは、その、おもちゃでもえほんでもなくて、サンタの国のおはなしをきかせてあげることなんだ」

くるしまぎれの答えだったのですが、ミホの目はますますかがやきました。

「ほんとに？　サンタさんの国のおはなし、きかせてくれるの？」

トムおじいさんは、そうだよ、と言うしかありません。

「サンタさん、そこのいすにすわって！　あたし、ジュースもってきてあげる」

ミホは、りんごジュースをとりに一階のキッチンにいきました。

「こまったことになったぞ」

トムおじいさんはつぶやきました。

（そうだ！　今のうちににげてしまおう！）

しかし、今日はどうも、なにもかもうまくいかないようです。

「おまたせしました、サンタさん」

ミホがもどってきたのです。

（なんて足がはやいんだ！）

トムおじいさんは思いました。それから、はいどうぞ、と、さしだされたりんごジュースをうけとって、ありがとうと言いました。

えへへ、とミホはわらって、どういたしまして、と言うと、お山ずわりをして、

「ねえねえ、サンタさんの国のはなし、きかせて」

と言いました。トムおじいさんはサンタクロースではありません。どろぼうです。サンタの国のことなんて、まったく知りません。でも、はなすしかないようです。

「ええっとねぇ。サンタクロースの国はいつも雪がふっていて、一日が長くて、二十四時間じゃなくて、百時間なんだ」

「へえ！　そうなの！」

「だから、みんなからのおねがいやおてがみをあつめて、それからプレゼントのよういをする。百時間あれば、まにあうからね」

はなしだしてみると、思ったよりすらすらとことばが出てきました。

（おれには作文のさいのうがあったんだな）

「サンタサンサン工場っていうのがあって、そこでおもちゃやえほんを作ったり、きれいな紙にプレゼントをつつんだりしているよ。そうだな、ちょっといそがしいかな」

「うん、うん」

「でも、世界にはプレゼントをくばってあげられない子どももいてね、そういう子のところには、せめて、しあわせになれるように、っていうおまじないをとどけるんだ。ああ、そうだ、トナカイもがんばっているんだよ。クリスマスの夜のために、うでたてふせとか、かけっこをして体をきたえなきゃいけなくてね。サンタの国はこんなふうになっているんだ。こんどはサンタさんは、ふゆにやってくるよ。おしまい」

ミホは手をたたきました。

「すごい！　すごい！　サンタさん、ありがとう！」

（ああ、なんとかなったぞ。さあ、さっさとずらかろう）

「おやつの時間になったらお母さんがかえってくるの」

（なんだって！）

「ねえ、お母さんにもサンタの国のおはなしきかせてあげて」

（とんでもない！）

「サンタクロースはこどもしか会っちゃいけないいんだ。もうかえるよ。元気でね。お母さんにはサンタクロースがきたことはないしょだよ」

トムおじいさんがせかせかと立ち上がって、手をふると、ミホはざんねんに思いましたが、そういうことならしかたないな、と思って、言いました。

「さようなら」

まどからゆっくりとしんちょうに足をおろしていくトムおじいさんに、さいごまでミホは手をふっていました。

(やれやれ。なんにもぬすめなかったが、まあよかった。作文のさいのうがあることもわかったしな)

トムおじいさんがいなくなるのとどうじに、げんかんから、ただいまー、という声がしました。

「あ、お母さんだ」

ミホはげんかんにかけていきました。

二階のへやのつくえの上には、からになったコップがひとつおかれています。

白ねこのまるちゃん

河口典彦

　春風がさくらの木をやさしくゆらしていました。空は青くすみきっていて、うすいピンクの花びらが、ちらちらとおいかけっこするように空をおよいでいました。その一まいが、庭でねているまっ白いねこのひたいのあたりに落ちてきました。ねこの名前は、まるちゃんです。

　まるちゃんは、いつも日当たりのよいつばきの木のねもとでねていました。体をせんめんきのようにまるくしてねているので、かぞくの人はまるちゃんとよんでいるのです。

　まるちゃんは、花びらに気づいて少しうす目をあけましたが、

「じゃあご〜。」

と、だるそうなひくい声でないて、また目をとじてしまいました。

　この家には、てるゆきという三さいの男の子がいます。てるちゃんとよばれています。いつもまるちゃんのごはんをもってきてくれるので、まるちゃんは、てるちゃんのことが大すきです。けさは、白いごはんの上に赤いめんたいこがのっていました。それは、てるちゃんが、まるちゃんのた

めに半分のこしてくれたものです。てるちゃんは、

「じゃあご、どうぞ。」

と言って、げんかんさきにおいてくれました。そうです。てるちゃんだけは、まるちゃんのことを、「じゃあご」とよんでいるのです。

でも、まるちゃんには、かなしかったことがあります。この前の日よう日のことです。いつものように庭でねていると、近所の黒いねこと茶色いねこが、とおりがかりに話しているのが聞こえてきました。

「おい見ろよ。この家のねこは、おれたちのように、『にゃあお』となけないいんだよ。」

と、黒いねこが鼻を広げながら言いました。

茶色いねこは、びっくりして、

「じゃあ、なんてなくの。」

と聞きました。黒いねこは、急に小さい声でひそひそ話をするように、

「じゃああご。」

と、わざとのばして言って、茶色いねこに顔を近づけて、こそこそとわらったのです。それを思い出すと、まぶたのあたりがじわりとあつくなってなみだが出そうになりました。

その時、げんかんのドアがガタリとあいて、お母さんとてるちゃんが出てきました。お母さん

は、ふっくらとして色の白いやさしそうな顔をしています。きょうも二人は手をつないで、ほいくえんに行くようです。てるちゃんが、少しかすれた声でまるちゃんに手をふりながら言いました。

「じゃあご、行ってきまあす。」

てるちゃんが行ってしまったあと、まるちゃんは、しっぽを立ててさんぽしました。

庭のあちこちに、小さな花がさいていました。ホトケノザのピンク色の花びらに白いチョウが止まっていました。まるちゃんは、思いきって話しかけてみました。

「ちょうちょさんは、どんな声でなくの。」

モンシロチョウは、みつをすっているのをじゃまされたので、ふきげんそうに答えました。

「おまえ、何言ってるんだ。ちょうがなくわけないだろ。」

まるちゃんは、はじめてなかなかない生きものがいることを知りました。

歩きつかれたので、オオイヌノフグリの青い花のしげみにねころがりました。ふだんは小さく見える花も、下から見ると大きな木のようにそびえ立っていました。そのみどり色のくきをオレンジ色のナナホシテントウが、ジグザグにのぼっていました。まるちゃんは、おそるおそる話しかけてみました。

「てんとう虫さんも、やっぱりなかないの。」

ナナホシテントウは、急に声をかけられたので、体がゆれて下に落ちそうになりながら答えました。

「わたしたちも、なかないわ。だって、ないたらこわい鳥に見つかってしまうもの。」

まるちゃんは、「なるほど、みんながんばって生きているんだな。」と思いました。でも、自分のなきかたが、ほかのねこたちがうというなやみは、なくなりませんでした。

そこで、ねこのおいしゃさんにそうだんすることにしました。まるちゃんがまだ小さかったころ、かぜをひいてねつが出た時に、みてもらったことがあるおいしゃさんです。白いあごひげがのびていて、とてもやさしそうな目をしたおじいさんです。近所に住むねこたちは、「白ひげ先生」とよんでいます。白ひげ先生の家は、じんじゃの近くの小さな山のふもとにあります。まるちゃんは、

「あの先生なら、何でも知っているから、きっとぼくのなやみを聞いてくれるよ。」

と、つぶやきました。

まるちゃんは、先生の家のみどり色のドアをゆっくりとあけました。木でできたドアはヒュルルと気持ち悪い音がしました。くらいへやのおくの方に先生がいました。先生は、赤いソファにすわったままいねむりをしていましたが、ドアのあく音に気づいてうす目をあけました。

まるちゃんが、いきなり
「先生、ぼくのなやみを聞いてください。」

と言うと、先生は、ずり落ちそうになった青いメガネをもとにもどしながら言いました。

「おやおや、あんたさんのような若いねこにも、なやみがあるのかね。」

まるちゃんは、先生の目がやさしく光っているので、安心して言いました。

「はい。実はぼく、ほかのねこと同じようになけないんです。」

先生は、少しもおどろかずに聞きました。

「ふむふむ。じゃあ、なんてなくんだね。」

まるちゃんは、少しとまどいましたが、しんけんな目をして、小さな声でなきました。

「じゃあご。」

先生は、それを聞くと顔をふっくらとまるくしながら、にっこりして言いました。

「まあまあ。やっと会えたぞ。わたしが、むかし読んだ本に、おまえさんと同じねこのことが書いてあったんじゃ。まさか本当に会えるとは思わなかったよ。」

まるちゃんは、何のことかわからないので、目を大きくあけたまま、きょとんとしていました。

すると、先生は、気を取りもどして、ゆっくりやさしく話してくれました。

「よしよし。安心しなさい。おまえさんのは病気ではないんだよ。『じゃぎょうしょうこうぐん』というしょうじょうでな。若いねこの二千びきに一ぴきぐらいはいるそうじゃ。なあに、心配せずにふつうにくらしていればいいんじゃ。おとなになれば、しぜんになおるよ。」

まるちゃんは、先生の話を聞いて、なやんでいるのは、自分だけではないことがわかりました。

そして、心の中にほんのりとあかりがともったような気持ちになりました。机の上の水色のガラスばちに生けてあるスイセンの黄色い花びらが、まどからの風でゆらゆらとゆれていました。

先生の家からの帰り道は、いつもより短かく感じました。

家に帰ると、まるちゃんは、いつもと同じようにつばきの木のねもとでまるくなってのんびりとひなたぼっこをはじめました。すると、遠くの方からてるちゃんの泣き声が聞こえてきました。ほいくえんから帰るとちゅうで何かたいへんなことがあったようです。

まるちゃんは、とびおきて両方の耳を思いっきり立てました。すると、おそろしい犬のほえる声が聞こえてきました。

「ワウウウ。」

よく見ると、黒くて大きな犬が、てるちゃんの黄色いバッグにかぶりついていました。まるちゃんは、両足に力を入れて、その犬の方にすごいはやさで走っていきました。そして、犬に向かってしっぽをぴんと立てながら体じゅうの力をつかって、

「じゃああごおおおおお。」

となきました。

すると、黒い犬は、びっくりした顔をして口をあけてバッグをはなしました。そして、二、三歩あとずさりをして、向こうに行ってしまいました。

お母さんは、てるちゃんをだきしめて泣いていました。そして、

「よかったわね。まるちゃんのおかげだわ。」

と言ってくれました。まるちゃんは、体がかるくなるような幸せな気もちになりました。

その夜、いつものようにてるちゃんが、ばんごはんをもってきてくれました。白いごはんの上にまっ赤なめんたいこが三つものっていました。まるちゃんは、うれしくてすぐには食べられませんでした。目から大つぶのなみだが一つ出てきました。それに月の光が当たって、しんじゅのように白くかがやいていました。そして、しいんとして物音一つしないまっくらな夜の中で、まるちゃんのなき声だけがひくくひびいていました。

「じゃあごおおお。」

小さなケロちゃん

角南知子

　友だちの家からの帰り道、はるかはケロケロという小さな声を聞きました。たんぽのわきのいちじくの木の下の草むらの中から、その声は聞こえてきたのです。小さないちじくの実がたくさんついています。はるかはきのうの雨でしっとりとぬれた葉の間をかきわけてみました。葉の上に二センチほどの小さなカエルがのっていました。葉の色にとけこむような緑色の小さな小さなかえるです。はるかと目をあわせるとまたケロケロと小さくなきました。

「かわいい」

　思わず声をあげました。はるかはカエルを両手でつつみました。カエルはちょっとおどろいたようでしたが、そのまま、まんまるな目ではるかをじっと見つめながら、はるかの手の中で身をかたくしているようでした。つめたくて、ぬめりとした手ざわりがしました。

「そうだ、うちのお庭で飼おう。名まえもつけよう。ケロケロとなくから、ケロちゃんて名前にしよう。いいでしょう、ケロちゃん」

とよびかけると、ケロちゃんはうれしそうに、はるかの手の中でぶるぶるっと身動きしました。あざやかな緑色で、鼻から目にかけての黒い線が三角の顔をふちどっています。

「ケロちゃんのおうちは虫かごよ。わたしが前に買った虫かごがあるから、そこでねるといいよ」

はるかは両手でつくったすきまをできるだけ広げて、おおいそぎで坂を上って、家まで帰りつきました。

「おかあさん、おかあさん、カエルの子をみつけたの。ケロちゃんて名前つけたよ」

「え、カエルの子」

おかあさんは、いそいではるかの方へかけよって、はるかの手の中をのぞきこみました。

小さなカエルははるかの手の中で、首をちぢめていました。

「まあ、かわいいのね。ちっちゃいわね」

とおかあさんは言いました。

はるかは庭のすみっこにころがっていた虫かごをさがし出しました。そして、あじさいの葉っぱを一まい取って虫かごに入れ、その上にケロちゃんをそっとのせてやりました。

「ケロちゃんは、きっとあじさいが好きよね、ここだと気持ちいいでしょう」

ケロちゃんはあじさいの葉の上でケロケロとなきました。

「ねえ、ケロちゃんを飼ってもいいでしょ。毎日えさもやるし、おせわもするから」

おかあさんはちょっと困った顔をしました。

「ケロちゃんはあじさいの葉っぱがすきなのね。でも、カエルは何を食べるのかしら」

「そんなの、しらべるよ。ケロちゃんのすきなごちそうを用意するよ」

はるかはさっそく、ケロちゃんの虫かごをもって家にはいり、カエルが何を食べるのか、しらべることにしました。おかあさんもいっしょに、しらべてくれました。理科の教科書やインターネットで、いっしょうけんめいにカエルの食べ物は何なのか、さがしました。

「ケロちゃん、今しらべているからね、まっててね」

ケロちゃんはきょとんとした顔で虫かごの中からはるかをじっと見ていました。

「えーっと、カエルを飼うには…」

やっとわかりました。さて、カエルの食べ物は…。「カエルのえさは生きた虫です。毛虫、イモムシ、ハエ、クモ、ミミズ、アブラムシ、バッタ、コオロギなどをとってきて与えます」と書いてあります。

はるかはおどろきました。カエルは生きたえさしか食べないのです。動いているものしか食べません。こんなに小さくて、きれいな緑のかわいいケロちゃんが、生きている毛虫やみみずを食べるのでしょうか。はるかはケロちゃんにおそるおそる問いかけました。

「バッタや毛虫やイモムシを食べるの、ケロちゃん」

ケロちゃんは足の指を広げて「ケロケロ」となきました。

カエルはしめったところがすきなので、いつも霧をふきかけてやらないといけません。

「まずは、霧ふきだね」

はるかはおかあさんのようさい道具のなかから霧ふきをさがし出して、水を入れ、ケロちゃんにかけてやりました。ケロちゃんはうれしそうにピョンととびました。でも、えさはどうしたらよいのでしょう。虫をさがしてこなくてはなりません。庭にバッタをつかまえにいきました。見つかりません。

「秋になったらきっと見つかるけれど、まだ今は少ないかも」

とおかあさんが言いました。でもケロちゃんはおなかをすかせているかもしれません。だからあんなにないているのです。

「ケロ、ケロ、ケロ」

と小さい声でないているのです。

はるかは、ついに見つけました。小さなとがった顔と細い足の緑色のバッタです。しばふの上にとびあがったバッタを両手をかぶせて、つかまえようとしました。けれどもそんなにかんたんにバッタはつかまりません。

そこへ、となりのお家のけんたくんがやってきました。

「何しているの」

「ケロちゃんのえさをさがしているんだけど、なかなかつかまえられないの」

するとけんたくんは、

「まかせておいて」

と言うが早いか、たちまちケロちゃんと同じくらいの大きさのバッタをつかまえました。

「ケロちゃんの虫かごにいれたらきっと、すぐとびついて食べるよ」

親指と人差し指でバッタをしっかりとはさんで、けんたくんが得意そうに言いました。バッタは長いあしをのばしてもがきました。バッタはにげようとしているのです。

「ケロちゃんと同じくらいの大きさだね」

はるかはバッタがかわいそうになって言いました。

「大きくたって食べるよ。カエルの口は大きいんだ」

とけんたくんはあたりまえだと言いたげに鼻をうごめかします。そして、ケロちゃんの虫かごの中にバッタを入れようとします。

「まって、まって」

はるかはあわててそれをとめました。

「バッタがかわいそう。生きてるのに」

「ケロちゃんのえさなんだよ。人間だって、生き物を食べてるじゃないか」

けんたくんは平気な顔をしています。バッタはまだけんたくんの指につかまれてもがいていました。

「バッタをにがしてやってよ」

はるかはとうとう、けんたくんに言いました。

「だって、せっかくつかまえたのに」

けんたくんはしぶしぶ草の中にバッタをはなしました。バッタはいそいでうしろあしをけって、草の中に見えなくなりました。けんたくんはさっさと帰ってしまいました。

ケロちゃんがケロケロケロとまた、小さくなきました。ケロちゃんは足をふんばって、はるかを見上げていました。

「人間だって生き物を食べているんだ」

はるかは何だかかなしくなってきました。

おかあさんが虫かごの中のケロちゃんを見てぼんやりしているはるかに声をかけました。

「ケロちゃんをたんぼにかえしたら。ケロちゃんのママは、ケロちゃんがいなくなってさびしがっているかもしれないわ。どこにいったのかしらって、さがしているかもしれないわ。ほら、ケロちゃん、ないてるよ」

はるかは急にむねがどきどきしてきました。

ケロちゃんは虫かごの中でケロケロケロとなきつづけています。おかあさんはまた言いました。

「ケロちゃんも、ママ、ママってないているのかもしれないわ。おかあさんもはるかがいなくなったらきっと、さがしまわるわ」

そうなのか、はるかはたまらなく胸が苦しくなってきました。

「ケロちゃんをママのところにかえしてくるよ」

「そうね」

はるかは虫かごをかかえると、いちもくさんに坂を下っていきました。

「ひとりで行けるの」

おかあさんの声がおいかけてきます。

「大丈夫だよ、もう三年生なんだもの」

でも、ここだったかしら。もう少し先だったかしら。はるかはケロちゃんを見つけた場所をさがしましたが、なかなか見つかりません。たんぼのあぜには草むらがたくさんあるのです。赤い屋根の家が見えるところ、その近くにいちじくの木があったはずです。さっき通った道なのに、どの草むらだったかわからないのです。西の空が赤くそまりはじめました。虫かごの中でケロちゃんが心細そうに、ケロケロと小さな声でなきました。はるかのひたいにあせがにじんできました。目になみだがうかびました。

その時、小さな実をいっぱいにつけたいちじくの木がみつかりました。ここだった、この草むらだった。はるかはケロちゃんをもとの葉っぱのところにそっとおいてやりました。ケロちゃんははるかを見上げて、首をかしげたようにしましたが、次のしゅんかん、ピョンととんでいなくなってしまいました。さようなら、ケロちゃん、ちょっとだけだけど、お友だちになってくれてありがとう。ケロケロという声が聞こえてきました。ケロちゃんがさよならと言ったように思えました。

はるかは真っ赤にそまる坂道を上っていきました。坂の上で道を曲がるとおかあさんが両手を広げて待っていてくれました。はるかはおかあさんの両手の中にとびこみました。

「ケロちゃんもおかあさんと会っているよね」

おかあさんは何も言わずにうなずきました。

さくらさくおかへ

田中柚香

春やすみもおわりに近づいてきたある日、はる子ちゃんは近くのしょくぶつ園にあそびにいくことにしました。ちょうどはる子ちゃんの足で、家から三十歩数えたところにある、しょくぶつ園です。毎年このじきは、それはそれはきれいなさくらがさくのです。はる子ちゃんはお花がすきでした。それなのに、

「つまんないの」

くちびるをとがらせて言いました。

今日ははる子ちゃんの八さいのおたん生日でした。でも、お父さんもお母さんもおしごとがいそがしくて、夕方になるまで帰って来ないのでした。お友だちは、みんな家ぞくとりょ行中です。

「さむうい」

春になったばかりの日ざしはお昼すぎになってもまだよわくて、ほおをなでるつめたい風に、はる子ちゃんはぶるりとみぶるいしました。

「あら。こんにちは、はる子ちゃん」

「こんにちは、おばさん」

しょくぶつ園のうけつけのおばさんは、お金とひきかえに、入場のチケットをわたしてくれました。

山ぎわのしゃめんにそうようにしてできているしょくぶつ園。そのおかのうえをめざして歩かないといけません。そこに、たくさんのさくらの木々がうわっているのです。

「それにしても人がいないなあ」

せっかくさくらが見えるというのに、だれもいません。

「おかまでいったら、いるのかな」

はる子ちゃんはてくてくさか道を歩きだしました。ととのえられた道のはしに、お日さまの色をしたたんぽぽがゆらゆらゆれています。晴れた空色の小花は、オオイヌノフグリでしょうか。まだ少しさむいけれど、春色がそこかしこに見えます。

さか道のとちゅうの花だんでは、赤や黄、白のチューリップがみずみずしい葉《は》とともにつやつや光っています。はる子ちゃんのむねはどきどきと高なりました。こんなにもほかのお花がきれいなら、さくらはきっともっときれいにちがいありません。どんどん歩いていくと、目の前に少しまがったおじいさんのせなかが見えてきました。

「おじいさん、こんにちはっ」

「おや、こんにちは」

はる子ちゃんはスキップしながらおじいさんをおいこしました。げんきだねえ、という声が後ろから聞こえました。

さかのよこの、小さな石のかいだんを上ります。この道をこえれば、さくらが見えるはずです。

はる子ちゃんは、わざと足元を見ながらすすみました。さくらをおたのしみにするためです。わかみどりの草がさわさわ音をたてました。かいだんのおわりが見えてきました。さあ、とうとうです。はる子ちゃんはいきおいよく顔を上げました。

「そんな……」

そして、目の前のけしきを見て、かなしいためいきをつきました。

そこにあったのは、まだはだかんぼうの、茶色い、ほそいえだをのばした木々でした。なんということでしょう。さくらは、まだいちりんもさいていなかったのです。

「せっかく楽しみにしてきたのに」

ほねのような木々が、ゆっくりとふく風に、さみしい音を鳴らせてゆれました。

「せっかくのはる子のおたん生日なのに」

はる子ちゃんのおたん生日を、さくらまでもが、おいわいしてくれなかったのです。だれも、はる子ちゃんのことを知らないのです。

せかい中で、たった一人になったような、さみしい気もちになりました。

はる子ちゃんのまあるい目には、ふっくらとなみだのつぶがふくらんできて、今にもこぼれおちそうです。

その時、後ろからひくい、やさしい声がしました。

「ざんねんだったねえ」

それは、さっきはる子ちゃんがおいこした、あのおじいさんでした。

「今年はとってもさむいから、まだつぼみのままみたいだ」

おじいさんがじいっとえだをながめて言いました。それから、しわくちゃの大きな手をポケットに入れて、大きなもめんのハンカチを出しました。

「はい、どうぞ。これでおふき」

「ありがとう」

はる子ちゃんは大いそぎでハンカチを自分の目におしあてました。なみだを見られて、てれくさかったのです。

「なあ、はる子ちゃん」

おじいさんは言いました。はる子ちゃんがびっくりすると、おじいさんは、「名前はさっき聞いたんだよ」とくすりとわらいました。

「さくらがさいていることは、はる子ちゃんにとって、そんなに大切なことかな」

「大切なことだよ」

はる子ちゃんは少しおこって言いました。おじいさんはそんなはる子ちゃんをなだめるように、ゆっくりわらいました。

「それは、そうだね。はる子ちゃんの言うとおりだ。大切なことだね。でも、こんな考え方もできるんじゃないだろうか」

おや、おじいさんの目はなんだかきらきらしています。すてきなおとぎ話をするときみたいなひとみです。はる子ちゃんは、すいこまれるように、おじいさんの目を見ました。

「もし、さくらがさいていなくてもね。さいているのかな、見るのが楽しみだなあ、って思う時間は、とてもしあわせな時間だと思わないかい」

それで、はる子ちゃんは思い出しました。ここに来るまでの道のりを。さくらを見るというだけで、さみしい心がぱっと明るくなっていったことを。たしかにそれは、とても心おどる時間でした。たとえ、いまさくらが見えないとしても。

「おじいさんには、さくらが見れなかったとしても、さくらを見ようとしたことでかんじられるしあわせがあるんだ。……ほら。ちょうど、こうやって、ここではる子ちゃんと出会えたように」

どうしてでしょうか。はる子ちゃんの心の中のうすもも色のつぼみが、ぽん、ぽんとはじけていきます。それはまるで、さくらのお花がさくように。

だれかがはる子ちゃんのことを知っているというだけで、どうしてこんなにも心があったかくなるのでしょうか。

「……おじいさんは、毎年ここでさくらを見ているの？」

はる子ちゃんの心に、もうさみしさはありませんでした。かなしさもありませんでした。ただ、ほんのりとあったかい気もちがからだに広がっていくのだけがわかりました。

「毎年見ているよ。毎回まんかいの花を見ることができるわけじゃないけどね」

それから二人は、お日さまがかたむくまで、さくらの木々の下にすわっていました。春にさくお花の話をたくさんしました。そしてはる子ちゃんは、おじいさんとやくそくをしたのです。

「来年もここで会えるといいね」

さくらを見にいくたびに、年のはなれたこのお友だちと会うことができるなら、それはどんなにしあわせなことでしょう。もし会えなくとも、「会えるかなあ」とおじいさんのことを思って歩く時間は、どんなに楽しいことでしょう。

はる子ちゃんは今日一日で、さくらがとくべつに、大すきになりました。おじいさんにありがとうをたくさんつたえたいと思いました。

「そうそう」

帰りぎわに、おじいさんはふりむいて、にっこりわらって言いました。

「おたん生日、おめでとう」

そう、今日ははる子ちゃんのおたん生日です。はる子ちゃんもにっこりわらって、大きな声で言いました。

「ありがとう」

お日さまがかたむいてきて、夕やけが目玉やきのきみのようにきらきらかがやいています。はる子ちゃんは、スキップしておうちに帰りました。


それから、月日がたちました。あれから七回もおたん生日ケーキを食べて、はる子ちゃんのせはすらりとのびました。おねえさんのきれいな顔立ちになりました。しょくぶつ園には、三十歩も数えなくてもいけるようになりました。春になると、あのゆるいさか道をとおり、さくらの木々の下へかけていきました。

「今年もおじいさんに会えるかなあ」

今日ははる子ちゃんのおたん生日です。

スキップをする女の子をおかの上から見まもるように、ひらひらとさくらの花びらがまっています。

与太郎さま

吉原達之

北海道の広大なジャガイモ畑のように、地平線を見わたせるまで一面の田園風景が続く、岡山県南の児島湾干拓地。土のにおいがみずみずしい、耕されたばかりの田んぼの土手で桜が満開だったあの日、ぼくは不思議な体験をした。

それは与太郎神社におまいりしたときのことだった。与太郎神社は玉野市八浜地区の県道沿いにある。児島湾の遠浅の海が干拓されて陸地になる前は、この県道が海岸線だったそうだ。

神社は石のほこらをまつっているだけなんだけれど、大きくて立派な屋根を建てているんだ。足の病気をなおしてくれる神様としてこのあたりでは有名らしくて、ひざの具合が悪いぼくのおじいちゃんも、ときどきおまいりに来ているよ。

地元のサッカー少年団でがんばっているぼくは、Ｊリーグで戦うチーム「ファジアーノ岡山」の大ファン。試合でいつもゴールを決めてくれるエースストライカーの赤嶺真吾選手が、ぼくの一番のお気に入りさ。ぼくも赤嶺選手みたいに、相手チームの守りをかいくぐって、ゴールネットにドスンとシュートをたたきこんでみたいなぁ。

二〇一七年シーズンが始まってすぐ、赤嶺選手は右の太ももをけがしてしまった。赤嶺選手が早く試合に出られるように、ぼくは与太郎神社にお願いをしにやってきたんだ。ここにはファジアーノの選手のけががなおるようにお祈りした絵馬が、たくさん納められているんだよ。

願いごとを書いた絵馬をかざりだなに結びつけているとき、ぼくはふと、そばに立っている四角い石の柱が気になった。

「宇喜多与太郎基家君之碑」。石柱には小さな漢字がすきまなく、びっしりときざまれていた。与太郎神社に神様としてまつられている人のことを記しているみたいだ。

ぼくのおじいちゃんが言っていたけれど、この宇喜多与太郎基家という人は、岡山の戦国武将なんだって。

石柱に何が書いてあるのだろう？　ぼくは漢字ばかりの文章をどうにかして読んでやろうと、石柱に顔を近づけた。そのとたん、くらくらとめまいがして、ぼくは気をうしなった。

いつのまにか、ぼくは深いもやの中にいた。あたりは真っ白で何も見えない。もしかして、これは夢なのかー。

どこにも人のすがたは見えなかったけれど、あまり聞いたことのない古めかしい言葉で、だれかがぼくに語りかけていた。

宇喜多与太郎基家とはわしのことじゃ。戦国時代に生き残るため、親せきや家族も殺すとおそれられた備前・岡山の武将・宇喜多直家さまのおいである。直家さまの亡くなった後は、まだ幼かった当主の秀家さまをお支えする役目を、わしはおおせつかっておったのじゃ。

天正一〇（一五八二）年、児島湾岸の両児山城でわしが大将としてのぞんだ八浜合戦は、安芸・広島の戦国大名・毛利氏が児島湾から旭川をさかのぼって、われらのいる岡山城を攻めるのをくい止める、まさに宇喜多家の命運をかけた一戦じゃった。

じゃが、わしは合戦のさなか、毛利方の鉄砲に足をうち抜かれて動けなくなった。村人の家にひそんでおったところを、毛利方の兵にあえなく殺された。わが宇喜多軍も総くずれとなって散り散りに逃げてしもうた。どうにも無念であった。

わしが毛利方に見つかって殺されたのは、村人のだれかがわしのいる場所を教えたからじゃろう。それゆえ、わしにのろわれ、たたられるのをおそれたのか、村人たちは神社を建ててわしをまつった。わしを毛利方にさし出しておきながら、本当に身勝手なものよ。

それから長い間、「与太郎神社」「与太郎さま」とわしは人々にあがめられておる。

ああ、世が世であれば、わしは秀家さまをお支えする役として宇喜多家を取り仕切っておったはずじゃ。八浜合戦の後、秀家さまと力を合わせて毛利氏の進軍を止め、のちに天下人となった豊臣秀吉・太閤殿下は、秀家さまを最高職「五大老」の一人にお選びになった。江戸の徳川家康や、安芸の毛利輝元らの大大名と並ぶ五大老じゃぞ。その秀家さまの仕事を、わしが生きておれば助けておったはずじゃ。

そのわしがどうして、こんな田舎の神社に押しこめられておるのじゃ。人々の足の病気をなおすのが、いまのわしに与えられた役目のようじゃが、ヘン、そんな、まじない師のような仕事は、武将であるわしの望むところではないわい。

与太郎さまには不満がいっぱいあるみたいだ。話はしばらく続いた。

宇喜多秀家さまは慶長五（一六〇〇）年、天下分け目といわれた関ケ原の戦いで西軍に味方したが、徳川方の東軍には勝てなんだ。秀家さまは遠く八丈島に島流しとなり、さびしく亡くなられたと聞く。われら宇喜多一族のあわれな最後を思うと、ただ、ただ、なみだがこぼれ落ちるばかりじゃ。

ここ備前の地で秀家さまをだれよりもたたえることはもちろん、わしにも児島で一番立派な神社を建ててよいくらいではないのか。阿波・徳島に金長だぬきをまつっているが、それと変わらぬほどの小さな神社に、わしは住まわされておるのじゃぞ。けもののたぬきと同じあつかいじゃわい、フン。わしはなんと、これを悲しまずにおれるものか。

わしに馬をくれ。東海道の千里万里を走りぬけ、江戸のはるかな海原にうかぶ八丈島にわたり、秀家さまの墓のもとにかけつけたい。秀家さまの墓前で、合戦の思い出を語り合いたいのう。

われらは重いよろいを着て川をわたり、深い草むらをかき分け、どろにまみれて進んだ。雨のようにふる矢をかいくぐって攻めこんだり、けわしい山を登り、てきのとりでを焼きはらったりもした。海から攻めよせる海ぞくの船に飛び乗り、首を切り落としたこともあったぞ。そのたびに宇喜多家の力は備前の地に広がっていったのじゃ。

備前・美作五十七万石もの土地をおさめた秀家さまを、豊臣秀吉殿下はたよりにしておった。秀吉殿下が文禄元（一五九二）年に命じた朝鮮出兵では秀家さまが日本の総大将をまかされ、多くの大名を引きつれて海をわたった。外国での合戦じゃ。おどろくような話の数々もあるじゃろう。ぜひ聞いてみたいものよ。戦国の世を生きた熱い血が、わしの中で今もさわいでおるのじゃ。

でも、与太郎さま。それからもう何百年も時がたっているよ。ぼくのお父さんに聞いた話じゃ、豊臣、徳川の時代が終わって、毛利や島津なんかが「明治」という新しい時代を開いて、それから現代につながっているんだってー。

ぼくは心の中で与太郎さまに呼びかけてみた。

なんと、豊臣、徳川に続いて毛利がおさめる時代がやってきたというのか。わしを殺したあの毛利がか。それは絶対に許せん。宇喜多は毛利に負けはせなんだ。豊臣秀吉殿下のもとで同じ五大老をつとめた大名ぞ。ならば、宇喜多が天下を取ってもよいではあるまいか。

備前の人々よ、宇喜多家の復活を祈願せい。わしののろい、たたりのおそろしい力をもって、戦国の世に時をもどそうではないか。宇喜多一族をことごとくよみがえらせ、この八浜の地から再び天下取りにいどむのじゃ。さあ、願え人々よ…。

気がつけば、ぼくは石柱のそばにたおれていた。上着やズボンが、どろだらけだ。手でよごれをはらいながら立ち上がり、ぼくは本殿へ向かって歩いた。白い灰が山のようにもられた灯明台に線香をそなえ、パン、パンと両手を打ち鳴らした。

「赤嶺選手のけががなおり、ファジアーノが首位を走りますように」

与太郎さまは、ぼくが思っていたよりもずっとえらい人だったらしい。おこらせたりしたら、ひどいばちが当たるのかな。

ちょっとこわかった。でも、ぼくはかまわずに、与太郎さまの言っていた宇喜多家の復活をお願いしなかったんだ。

与太郎さまのくやしい気持ちは分かるけれど、宇喜多氏がいまさら天下を取らなくてもいいじゃないか。

そりゃあ、宇喜多氏がよみがえって歴史が変わったなら、少しはおもしろいかもしれない。岡山から日本の歴史を動かしたって考えると、ほこらしい気分になるしね。

でも、戦場で刀や弓を持ってあらそい、たくさんの人が亡くなるのはとてもこわいよ。もしも家族や友だちが死んだら、なんて考えると、ぞっとする。そんな時代になるのは、やっぱりいやだ。

かわりにファジアーノがJリーグで優勝して「天下統一」をしてくれたほうが、ずっとうれしいに決まってる。岡山県の人がみんな大よろこびするだろうって、ぼくは思うんだ。

ジャラン、ジャラン。ぼくは、ほこらの前につるされた大きなすずを鳴らし、さいせんを投げて静かに両手をあわせた。

与太郎さま、もう少しこのままがまんして、ぼくらファジアーノ・ファンの夢をかなえてください。いまはJリーグのサッカーの試合が、大人も子どももみんなが応援して戦う、与太郎さまの時代の「合戦」みたいなものなんだ。

選手たちが体をはげしくぶつけ合い、ゴールをねらってボールをおいかけ、全力で走り続けるんだ。小さな町のチームでも力があれば、大きな町を打ち負かしてのし上がる、本当に戦国時代みたいなんだよ。

宇喜多氏の願いはぼくらがサッカーで受けつぐ。いつか日本のてっぺんを取ってみせるよ。だから、ファジアーノが勝てるように与太郎さまのお力で支えてください。

ぼくは最後に心の中で呼びかけてみた。与太郎さまはもう何も答えてはくれなかった。

あたたかい春の風が、そより、そより、ぼくのほおをなでていった。

小中学生の部

キュウリ化け大会

難　波　明　花（岡山市立石井小学校3年）

「なにこれ！かわったキュウリね。」

お母さんカッパは、キュウリをつまみあげました。

そのキュウリは、ましかくで、まるでぼうみたいなまっすぐなみどり色。

お母さんカッパが、朝ごはんをさがすために山道を歩いていたら、一本のキュウリが道におちていたのです。

つまみあげたキュウリをもって帰ろうとじっと見ていたら、とつぜんフニャフニャな黄色の手と足がニョキニョキ出てきました。

お母さんカッパは思わず、

「キャーッ」

とさけんで、キュウリをなげとばしました。あまりにびっくりしたのでしりもちをついて目をパチパチさせました。

そして、もう一度さっきのキュウリを見るためふりかえると、あらふしぎ、キュウリはなくなっていました。

「あー、こわかったなぁ。もうちょっとでつれてかえられるところだった。」

とむねをなでおろしたのは、キュウリに化けたキツネ。

実は、キュウリはキツネの子が化けたものだったのです。

「わたし、上手に化けられたのかしら?」

キツネの子は、自分の手足をながめていました。

キツネの子は川のすぐそばにすんでいました。

「ドロロン、ドロロン、ドロロンパ。」

にじ色の葉っぱをもって、うでをクルクル大きく三回まわすとあらふしぎ、そこには、キュウリが登場です。

「よし、キュウリに化けられた。」

キツネの子は、うれしくてピョンピョンはねていたら、石につまずいてころんでしまいました。

そこへ、カッパの子がやってきました。

「わーい、キュウリだ。おやおや、でもなんかヘンだ。キュウリなのにトゲトゲがなくてつるんとしてるし、ぼうみたい。へんなの。まぁいいや、食べちゃえ。」

カッパの子は、パクリとキュウリを口の中に入れました。

「いたーい！」

カッパの子は、大声にびっくりしてキュウリを手からはなしました。

キュウリから大つぶのしずくがながれてきました。そして、キュウリからみるみるうちに黄色のフサフサのしっぽや手や足がでてきました。

「いたいよー。いたいよ。あたまがいたいよ。」

そして、耳や顔まで出てきました。

カッパの子は、キュウリがキツネになったので、おどろいていました。

「キツネ？君はキツネなの。しんじられない。なんで、キツネなのにキュウリになっていたの？わけがわからない。」

キツネの子はオドオドしながら、カッパの子に、

「じつは、来週の土曜日にキュウリ化け大会があるの。キュウリ化け大会でゆうしょうしたら、おいなりさんをもらえるの。わたしおいなりさんが食べたくて、いっしょうけんめいキュウリに化けるれん習をしているの。」

するとカッパの子は、

「君の化けたキュウリは、ぼうみたいだったよ。ちっともおいしそうに見えなかった。だっておいしいキュウリはトゲトゲがいっぱいあって、上の方がふくらんで下の方は細くなってるもの。白くて細い毛みたいなのもないと。キュウリ畑に行ってキュウリをかんさつしよう。それから、ぼくが上手に化けられるとくべつなおまじないを教えてあげるよ。」

と言いました。

二人はキュウリ畑に行きました。

キュウリ畑にはたくさんのキュウリがなっていました。

「ほらほら、キュウリをよく見てごらんよ。」

カッパの子に言われて、キツネの子は、キュウリをよく見ました。

すると、カッパの子が言ったようにキュウリには、トゲトゲがいっぱいでした。

「ほんとだ。上の方はふくらんでるけど、下は細いね。」

とキツネの子が言いました。

するとカッパの子が、

「化けるには、よーく化けるもののことをしらないと。じゃあぼくが化けるから、見ててね。」

と言ってカッパの子は、あたまのお皿の上にりょう手をおいて、ぐるりとまわりました。

「カッパパラパラパラシュート、パラパラパラパラリン、キュウリになれ。」

するとと、カッパの子の体が小さくなって、キュウリになってしまいました。

キュウリになったカッパの子はキツネの子に言いました。

「わかった？　こうやってキュウリになるんだよ。大切なのは、おいしそうになるとねんじることだよ。」

キツネの子は、

「わかった。じゃあ、やってみる。まずは葉っぱをあたまにのせて、カッパパラパラパラパラシュート、パラパラパラリン、キュウリになあれ。」

そのしゅんかん、キツネの子の体がパッときえ、キュウリが一本。

「どう？」

キツネの子がカッパの子に言いました。

「さっきよりマシになった。トゲトゲも少しあるね。でもまだ太さが同じだね。もっとれん習しようよ。」

それから、二人は毎日キュウリに化けるとっくんをしました。

そして、いよいよ土曜日です。

「上手に化けられるかしら。」

キュウリ化け大会は子どものさんかは一人だけで、あとはみんな大人のキツネでした。

「大丈夫だよ。あんなにれん習したもの。ぼくもこっそり見とくよ。がんばれ。」

カッパの子はキツネの子をはげましました。


みんな一人ずつ化けていきます。キツネの子はさいごでした。

大人のキツネが化けたキュウリは、大きいのや小さいのまがったのやとがったの色んな形がありました。

そして、キツネの子が化けたキュウリは、一番ほんものそっくりでした。

キツネの子はゆうしょうしておいなりさんをもらえることになりました。

キツネの子はカッパの子に、

「あなたのおかげでゆうしょうできたよ。ありがとう。」

キツネの子はおいなりさんを食べました。カッパの子はキツネの子からお礼にキュウリをもらったので、キュウリをおいしく食べました。

キツネの子は、

「おいなりさんをもらえたのもうれしいし、あなたと友だちになれたのもうれしいな。」

と言いました。

さるのルンちゃんと夏祭り

岡本福実（岡山市立津島小学校4年）

さるのルンちゃんは、おもしろいことが大すき。なんにでもきょう味津々の子ざるです。

ある日、村の広場にやぐらがくまれていました。ルンちゃんはそれが何か分かりませんでした。なのでルンちゃんは、ぼうからぼうに飛びついて遊んでいました。

「とっても楽しいな。」

そこに村長さんのゴリラのウホさんがやって来て言いました。

「それはやぐらと言って、今度のお祭りに使うんだよ。あぶないから、遊んだらだめだよ。」

ルンちゃんはお祭りという言葉に、とってもきょう味がわきました。

「そのお祭りって何ですか。」

「夏祭りといって、ぼんおどりをおどったり、花火を上げるんだ。たくさんお店も出るよ。今週の土曜日にあるからおいで。」

ウホさんは親切に教えてくれました。今日は木曜日なので、あと二つねたらお祭りだと思ってうきうきしました。時計を見ると帰る時間なので、ウホさんにお礼を言って帰りました。

ルンちゃんはとってもわくわくして、次の日も広場に行ってみました。みんなが集まって話をしていました。

「どうしたの。」

ルンちゃんはたずねました。

「きのうせっかくじゅんびしたやぐらが、なくなっちゃったんだ。」

ウホさんは答えました。ルンちゃんはたんていになって、はん人を見つけたくなりました。

「何かはん人がのこしていったものはありますか。」

「きのうの夕方に雨がふったから、足あとがたくさんついているんだ。」

小さなまつの葉っぱの形が千個ぐらいついています。

「みんなと足の形がちがうね。」

ルンちゃんが足のうらを見ていると、ウホさんが大きな声で言いました。

「分かった。アイスクリーム屋の五羽のひよこのきょうだいだ。」

ルンちゃんは大きくうなずきました。

「わたし、ちょっとひよこのきょうだいの家に行ってきます。」

「ありがとう。いっしょに行きたいんだけど、お祭りのじゅんびもしないといけないんだ。」

「まかせてください。」

ルンちゃんは元気にむねをたたきました。

ひよこのきょうだいの家はすぐ近くです。行ったらアイスも買おうかなと思っているうちに、家に着きました。

「こんにちは。ひよこのきょうだいはいませんか。」

するとげんかんが開いて、中からひよこのきょうだいがうじゃうじゃ出てきました。

「何かあったの。」

「ぼくたち何もしてないよ。」

「わたしたちは知らないよ。」

「すごいの作ったんだよ。」

「お母さんはスーパーマーケットに行って、いないよ。」

あまりにもいっぺんに言われたので、ルンちゃんはびっくりしてしまいました。ふと横を見ると、新しいいどうはんばい車がありました。

「これはどうしたの。」

ルンちゃんはひよこのきょうだいに聞きました。

「広場にいい材料があったから持って来たの。」

「お母さんに、アイスクリームのいどうはんばい車を作ってあげたの。」

「二階建てで、とってもかっこいいんだ。」

「お母さんすっごくよろこんだよ。」

「これ動くんだよ。」

ひよこのきょうだいは、いどうはんばい車をうれしそうに見ました。ルンちゃんも見ました。それから、

「上手に作っているね。でもね、広場にあった材料は、明日の夜お祭りで使うやぐらだったんだよ。」

と言いました。ひよこのきょうだいは、

「お祭りってなあに?」

「でももうないよ。」

「何とかしなくちゃ。」

「たいへんたいへん。」

「車になっちゃってるー。」

うわーとひよこたちがにげて行きます。ルンちゃんは両手と両足としっぽを使って、すばやくつかまえました。

「いっしょに広場に行って、あやまろうよ。」

ひよこのきょうだいはピヨピヨ大さわぎ。

「助けてー。」

「行きたくないよ。」

「おこられるよ。」

「だって知らなかったんだもん。」

「あやまったらゆるしてくれる?」

ウホさんたちはルンちゃんが帰ってきてほっとしました。ルンちゃんは全部のことを話しました。

「ごめんなさい。」

ひよこのきょうだいは、しょんぼりとあやまりました。ウホさんは言いました。

「いいよ。もうしたらだめだよ。それにしても、やぐらをどうしよう。」

ルンちゃんはいいことを思いつきました。

「ウホさん、アイスのいどうはんばい車を、広場のまん中に置いたらどうですか。」

「それはいいアイデアだ。楽しいかもしれないね。」

ウホさんもさんせいしてくれました。ルンちゃんはひよこのきょうだいとやくそくしました。

「明日の夜ぜったい来てね。」

お祭りの日、ルンちゃんはうきうきしながら、お母さんにゆかたを着せてもらいました。

夜になり、広場はおどりのおはやしでにぎやかです。広場のまん中に置かれたいどうはんばい車の二階で、ウホさんがたいこをたたいています。それをかこんで、ルンちゃんとひよこのきょうだいたちがぼんおどりをおどっています。みんなとってもえ顔です。

「ルンちゃん。いっしょにアイスを食べよう。」

ひよこのきょうだいが声をそろえます。

「ヤッター！」

ルンちゃんは大よろこび。

「ドーン！」

空に花火が上がりました。みんないっせいに空を見上げました。

ルンちゃんにとって、今日はとってもいい日になりました。きれいな丸い月が見えます。夜がふけるまで、みんなぼんおどりを楽しみました。

うその名人

黒住大輔（岡山市立桑田中学校3年）

これは岡山にいた、ある名人のお話。それでは、はじまり、はじまり。

むかしむかしの江戸時代。美作の、勝山城下の町。十八の青年兵吉は大工見習いをしていました。棟梁は名を斎藤松平といい、なかなか腕の立つ職人でした。

しかしこの松平、かなりの変わり者なところがありまして…。

兵吉が朝仕事場におもむくと、松平は真剣な面持ちをして、

「兵吉、お前はようがんばっとる。ほうびに金をやる。」

と言いました。兵吉は驚いて、

「本当ですかい、お頭。」

と聞くと、松平は舌をべっと出して、

「いや、うそだよ。」

と答えました。松平は〝うその名人〟で人に知られていたのです。兵吉はあきれ返ってまたですか

い、と困り顔。松平のすごいところはうそをついても人に嫌われないところでした。むしろそんな松平をしたう人がほとんどであり、兵吉も仕方ないなぁと思うだけです。それは松平の人がよいからでした。

しかしそんな松平をよく思わない人が一人いました。勝山藩士、多田藤兵衛という男です。多田は大工監視役という役で常日頃から松平たちと会っています。今日も仕事場に、

「うそつき大工どもめ。ちゃんと仕事をしているのか。」

と嫌味を言いに来ました。兵吉はそんな多田が嫌いで、「ちっ。」と舌打ちしました。

それは他の大工も同じでした。しかし松平は怒りもせずただにこにこ笑うだけです。

「へい、へい。わかり申した。」

「ふん。では帰る。さらばじゃ。」

多田は去っていきました。

「お頭。なんであんな奴にへこへこするんです？　一発なぐればすかっとするでしょう。」

「ははは。なぐったって解決しねぇよ。まあいつかどうにかしてやる、この俺にまかせろ。」

松平はにこにこと遠くを見つめていました。

そんなある日のことです。多田が松平たちのところへ来て、こう言いました。

「藩よりの命じゃ。馬屋をつくれ。代金は、二十五両である。」

兵吉は驚きました。普通馬屋ひとつの代金は百両（約千三百万）。しかし二十五両はその四分の一です。

「ふ、ふざけんな！なんでそんなに少ねぇんだよ！」

「藩からの命である。逆らうと命はないぞ。」

多田のおどしに兵吉たちはひるみます。

しかし松平は笑顔を崩さず〝わかりました〟とのみ答え、多田も去っていきました。

「お頭！なんでこんな仕事うけおうんですかい？」

「断わったら殺されるだろ。しかし何か裏があるな。」

松平は他の大工に代金や藤兵衛のことについて調べさせました。

夜。松平は大工のみんなを集めました。

「どうだった。」

「はい、本当の代金は百両出ています。」

「ふむ。ではそっちは。」

「はい、多田は借金があったが、最近になりその金七十両全て返されたと、金貸しが言うておりました。」

「…やはり。多田どのは藩の金を借金返済に使い込んだのだな。」

「お頭！こうなったら藩にうったえて…。」

「まあ待て。今言っても信用されぬわ。安心せい。わしに策がある。」

松平は今度はにやりと笑いました。

翌日、松平は多田に会いに行きました。

「多田どの、工事の完成のことでございますが、五日あれば建てることができまする。」

兵吉は驚きました。松平のところの大工は八人。馬屋は八人では二十日はかかります。

この言葉に多田も始めは動揺していましたが、すぐに嫌味な顔に戻って言いました。

「よかろう。だが松平、お前はうそつきで有名だ。これがうそであったら命はないぞ。」

「はい、決してうそは申しませぬ。万が一半日でもおくれましたら、命のうなっても仕方ありませぬ。」

「そうか。ならば早速とりかかれ。」

多田は去りました。兵吉は松平に、

「お頭、今からでもおそくありません。日を延期してもらいましょう。それが無理でしたら、大工を三十人やとわねば無理です！」

と言いました。しかし松平は変わらず、

「この工事が五日で出来ぬことは分かっとる。これがわしの策じゃ。分かったらとっととりかかれ。」

と涼しい顔。兵吉は松平が分からなくなってしまいました。

それからの五日間は特に急ぎもせず、人数も増やさず、過ぎていきました。しかし兵吉は不安と疑問で一杯の五日間でした。

五日目、多田が見に来ました。しかし工事は半分も進んでいません。多田が言います。

「松平、やはりお前はうそつきだ。ひっとらえろ！」

松平はあっという間にとらえられ、城の庭にひきすえられました。奥には家老の戸村愛則もひかえ、松平たちを見ています。

「斎藤松平、工事竣工日をうそつき、藩をだました罪にて、処刑いたす。」

多田は高らかに言うと、松平に近づき、

「わしも鬼ではない。どうだ、松平、何か言い残したいことがあるか。」

と言いました。すると松平は悲しみの顔で、

「いまさら命は惜しくはありませぬが、最後一目、一目だけでも両親に会いとうございまする。」

と哀訴しました。多田も、

「それはもっともな願いだ。だれか松平の両親を知らぬか。」

と見まわして言いました。すると兵吉が、

「え、お頭の両親はとっくの昔になくなってるって…。」

「何！」

「ばれたか。」

多田の怒りは頂点になり、ついに刀を抜きました。そして、

「もはや勘弁ならぬ。そんなに両親に会いたいならば、あの世で会え。」

とにらみます。松平はにこやかな顔に戻り
「これがうそのつきおさめにございます。」

と首を差しのべました。

「おのれ。このときもうそを言うか。」

多田が刀を振り下ろそうとした、その時です。

「まて。」

と家老の戸村が立ち上がり、止めました。

「戸村様、なぜ！」

「そのほうの命がけのうそ、あっぱれである。よってゆるす。」

「なっなんですと、でもこやつは工事もろくにせんやつで…。」

「いや、こんなどきょうのある男は初めてだ。殺すには惜しいぞ。」

「さ、されど…。」

「よいではないか。ところで松平、なぜ工事を五日でやると言ったのだ?うそを言うたら殺されることは分かっておったろう。」

松平はこのときを待っていました。

「はい。わしは代金ぶんの仕事をしたまでにございます。」

「?それはいかなることだ。」

「はい、この工事、代金は百両であったはずなのに、なぜかわしに渡る金は四分の一の二十五両。でしたらわしも四分の一の仕事、つまりふだん二十日かかる仕事でしたら五日間のみ仕事するべきと思いまして。」

「…それはまことか。多田、一体どういうことだ。」

多田はあわてます。

「ざ、ざれごとを申すな!」

「いえ。ざれごとにはございませぬ。そういえば払われなんだ七十両程とほぼ同じ金が、多田どのの借金にあてがわれたと。」

「お頭!その金貸し呼んできました。」

金貸しは多田を指さして言いました。

「は、はい。たしかにあの人から七十両程の借金を返されてございます。」

「なっ…。戸村様、これはうそにございます。松平はうそつきであるからこれも…。」

「いえ。これは松平唯一のまことにございます。うそと申すなら、調べればよろしいこと。」

松平の目はじっと戸村をみすえていました。

「わかった。よくよく調べるゆえ…。多田、覚悟いたせ。」

「あ、ああ…。」

多田は崩れ落ちました。

その後多田が藩の金を流用していることが分かり、多田は武士の身分をとられました。

松平は無罪どころか、勝山藩一の大工と呼ばれるようになりました。

「お頭!すごいですね、見直しました。でもあの時斬られたらどうなさったので。」

「いや、戸村様がどきょうある者が好きだとは知っておったからな。でもまあ、今回はちとこわかったな。今後うそはやめるよ。」

「ええっ、本当ですかい、お頭。」

兵吉の言葉に、松平は舌をべっと出して答えました。

「いや、うそだよ。」

その後、松平はうそをつきつづけ、天寿を全うしました。死後、多くの人々が松平のことをこう言いました。
〝日本一のうその名人〟と。

純白銀河と天使列車

山本　都紀末（岡山県立岡山大安寺中等教育学校3年）

年齢が片手で数え切れるほど僕が幼かった頃、祖母から聞いた昔話。

僕の通学路の途中にある商店街の、古書店と喫茶店の間。人ひとりがやっと入れるくらいの隙間の奥には、一年に一度だけ開く非常口がある。そこには宇宙が広がっていて、なんでも願い事を一つだけ叶えてくれる美しい純白の列車が止まる、というものだ。

僕と祖母以外のお客さんはほとんどいない近所の小さなプラネタリウムで、祖母はいつも「宇宙と彼を離してはいけないよ、たちまち彼は消えてしまうからね。」と僕に言い聞かせた。

幼かった僕にはさっぱり意味が分からなかったが、祖母の過去を懐かしむような眼差しが、人工的な星の光に照らされて、とても眩しかったことを覚えている。

その話を初めて聞いた日から、毎日欠かさず非常口を確認しに行って、年齢を数えるのが片手では指が足りなくなった頃、僕はその日にちを見つけたのだ。

休みが終わればすぐにやってくる文化祭の準備に、どの委員会も部活も追われている。僕は当日展示する予定の絵を大急ぎで完成させて、賑やかな校舎を走り抜け、校門を飛び出した。

相変わらず閑古鳥の声が響く商店街に勢いよく飛び込んで、古書店と喫茶店の前で足にブレーキをかけた。重たい鞄を抱えながら、狭く暗い隙間に体を滑り込ませ、いつもは緑色に光っていないランプが点滅しているのを確認してから、古ぼけた非常口を押した。

一歩足を踏み入れると、僕は床も壁も何もかもが真っ白な駅のホームに立っていた。

しばらくホームに佇んでいると、真っ白な二両編成の電車がガタンゴトンと音を出しながら僕の前でゆっくりと止まった。プシューと扉が開いて、

「やあ去年ぶり！さあ乗った乗った、早く君の星の話を聞かせておくれ。」

白い電車によく映える、蛍光色に光る彼らの手を取って、僕は電車に乗り込んだ。

宇宙には、太陽の光で作られた星と星を繋ぐ線路が張り巡らされていて、その上を銀河列車が毎日せわしなくあっちへ行ったりこっちへ行ったりしている。目的地は様々で、「バクの悪夢星行き」だったり「一角獣星行き」だったりする。

僕が乗っている天使列車と呼ばれているこの真っ白な電車もその内の一つで、唯一地球に停まる銀河列車だ。どうして唯一なのかというと、地球人は異星人を怖がって話もろくにできない上に空気が汚れた地球に降り立とうとする異星人はおらず、普段は地球行きの線路は通行止めになってい

る。利用者も僕一人だから、地球行きの線路が通行止めを解除される日は一年に一度だけと決まっているらしい。

ここに乗る蛍光色の彼らは地球にとても興味があって、一年に一度乗車する僕を心待ちにしている。勿論僕も心待ちにしている。

「人間君、去年約束した物をおくれよ。」

蛍光ピンクの、十二本の足を持ったタコさんがその内の三本をこちらに伸ばしてきたので、ヒーローのおもちゃを渡すと、嬉しそうに「かっこいい！」と別の二本をぺちぺちとたたいて見せた。

ライム色のしゃもじによく似た形のしゃもじさんにしゃもじを渡すと、「やあ、本当に僕に似ているね！地球には僕のファンがいると見た。」と小さな目を輝かせた。

ガタンと列車が揺れて、「出発します、ドアから離れてください。」と言っているのであろうアナウンスが流れる。

ゆっくりと、天使列車が人工的でない光の中へと進み始めた。

「運転手さん、行先は？」

とオレンジ色のヤギのような頭のヤギさんが運転席に投げかけると、

「停車駅は僕の気分次第。」

と車内に柔らかい少年の声が響いた。

「そうだ人間君、彼は地球同好会の新入りだ。」

とタコさんが隅に座っている大きな青いクワガタ虫によく似た異星人に一本の足を向けた。

「よろしく！僕地球に興味があるんだ。是非僕にも彼らのように地球人の名前を付けてくれないかな。」

「こちらこそよろしくね、そうだなあ、君はクワガタという地球の虫に似ているから、クワガタさん、と呼ぶね。」

クワガタさんはやったー！と固そうな腕を振り上げて喜び、周りで見ていた既に僕が呼び名を付けてあげたカラフルな三人が、一緒になって飛び上がった。

ごとん、ゆっくりと列車が止まる。

「カロン商店街駅です。」

気まぐれにその日の停車駅を変える運転手の声と同時にドアが開いて、僕たちはぞろぞろと七色に彩られた小さな駅に降り立った。

七色の改札を抜けると先が見えないくらいに長い商店街が並んでいた。

羽の生えた鞄、十本指限定の手袋、動く指人形、きらきらと光るショウウィンドウに目を奪われていると、クワガタさんに何かほしいものある？と聞かれたので、お菓子屋さんの隅っこにあった「食用銀河」と書かれた淡い光を放っている藍色の飴を指さした。

「それ僕の大好物なんだ。大きな瓶を買って、皆で食べよう。」

クワガタさんは大きな瓶を取って店の奥にスキップで消えていった。

周りを見渡すと、僕たちのほかにも沢山の異星人が楽しそうに商店街を見て回っていた。

運転手さんも来たらいいのに、と思った。

再び電車に戻ったのは二時間ほど後の事だった。

はしゃぎすぎて疲れてしまったらしい蛍光色の彼らは、席に座ってむにゃむにゃと今にも寝てしまいそうになっていた。

「食用銀河」を二つ貰って、僕は運転席に向かう。

純白の扉を開けると、運転手さんがこちらを振り向き、楽しんだ?と首を傾げた。

「運転手さん、食用銀河二つ貰ってきたんだ。一緒に食べよう。」

彼は嬉しそうにうなずいて、「食用銀河」を一つ受け取って口に放り込んだ。

運転手さんは地球人の僕と同じくらいの年齢の少年にとても似ている姿をしている。服も僕の通う学校の制服に似ていた。ただ、肌も髪の毛も口も瞳も、つま先から頭のてっぺんまでこの列車同様真っ白だから、やはり地球人ではない。

「食用銀河かあ、うんと昔に乗客に貰ったことがあるんだ。懐かしいな、おいしい。」

と彼が言ったので、僕も食べてみると、藍色の飴のようなものは舌の上でパチパチと弾けて、砂糖のような甘さが広がった後に、吐き出してしまいそうになるくらい酸っぱくなった。

「今度は運転手さんも一緒に行こうよ！他にも沢山美味しそうなものが並んでたんだ、どう？」

と聞くと彼は悲しそうな顔をして、

「それは無理。僕がこの列車から離れたら列車も僕も消えてしまう。そういう体質なんだ。」

そんな体質聞いたことがない！そうか、祖母が僕に言い聞かせてくれたあの話はこのことだったのかと考えていると運転手さんが、

「僕も行ってみたいな。」

と窓の外を見ながらぽつりと言った。

「この列車に乗ったら願い事が一つ叶うんだよね？」

「乗客だけだよ。願い事は慎重に考えるんだよ、叶えたらここのことは忘れてしまうからね。」

僕は息を思い切り吸い込んでから、

「僕、願い事決めたよ。」

と言った。


文化祭当日、学校は多くの人でにぎわっていた。美術部の絵の展示の受け付に座って、僕は自分でも驚くほど雑に描かれた白い列車の絵を睨みつけながら、特に理由もないのに急いで絵を仕上げ

た過去の僕を呪っていた。

　カタリ、とドアが動く。

　そろそろと入ってきたのは僕と同じくらいの背丈の帽子をかぶった少年だった。

　本日初のお客さんである少年は、僕の絵をじっと見たかと思うと、

「これ、僕の列車だよね！」

と僕のほうを向いて、柔らかな透き通った声を響かせ真っ白な目を輝かせた。

　目の奥で火花が散ったような感覚。

　考えるよりも先に口から言葉がこぼれた。

「次はどこに停まるの？」

「僕の気分次第！」

雪椿の咲く夜

小　野　幸　代（岡山市立竜操中学校1年）

きゅうすにお茶っ葉を入れてお湯を注ぎ、間を置いて渋めのお茶をゆのみに注ぐ。

その妻の一連の動作を、私はただ黙ってじっと眺めていました。

「はい、どうぞ」

「ああ、ありがとう」

ことん、と音をたてて置かれた湯のみ。それは、最近買った雪椿の柄のものでした。実をいうとそれは、ひどくなつかしい思いにおそわれ、つい、いわゆる衝動買いをしてしまったものなのです。使い心地はとてもいいので、愛用しています。

「お父さん、お母さん」

と、ふいに声が聞こえて、おどろいてそちらの方を見やると、そこには一人娘のきり子が皿を持って立っていました。

「食べてみて。友達に教わって作ったの」

そういって私達の前に置かれた皿の上には、手作りの和菓子がのっていました。

「どう？きれいでしょう？」

確かにその和菓子はきれいでした。淡雪かんというのでしょうか、下に白いふわふわとしたようなものが混ぜられた寒天があり、その上に菓子とは思えないほど美しい雪椿の花が、紅く、あでやかに咲きほこっていたのです。まるで、あの時と同じように…。

「あっ、雪！」

娘の声を聞いて外に目をやると、彼女の言うとおり雪が降っていました。

それは暗い夜の闇の中で、躍るようにふわふわと舞っていました。ひらひら、ひらひらと落ちてくる雪を見て娘が歓声を上げるのを見つつ、妻がぽつりとつぶやきました。

「なつかしい…」

それを聞き、私も静かにうなずきました。


あれはもう、十五年ほども前になります。

私達はその時新潟に住んでいました。私は二十三、妻は二十一で、共に若かったものでございます。私は親の無い、貧乏な若者でしたが、妻の家は裕福で、そしてしきたりが多い厳格な家でございました。そういう事情ですから当然結婚はもちろん交際も反対されておりました。そもそも妻には許嫁《いいなずけ》がありましたので、本当ならば結ばれるはずも無かったのでございます。

しかし妻はそういう自分の家や決められた人生を、とにかく嫌っておりました。そして、どうせ結婚するのならば好きな人としたいと申しまして、荷物をまとめて家を飛び出したのでございます。そうして私達は、二人で西へと逃げることになりました。新潟に居たのではおそかれ早かれつかまって連れもどされることが目に見えていましたので、一刻も早くどこかへ行かねばならなかったのです。

最初は電車で、金がつきると徒歩で、とにかく逃げました。足を止めればつかまってしまう、という恐怖が私達をつき動かしていたのです。

しかし、そんな逃避行もやがては限界が来ます。ある晩、私達はついに一歩も歩けなくなり、道にたおれこみました。

その晩は雪が降っていました。ふわふわとした柔らかな雪でした。それは私達の頭に、肩に、体中に降り積もり、同時に辺りを白く染めてゆきました。

あまりにもそれがきれいでしたので、つい見とれておりますと、それはふいに冷たいみぞれに変わって、ポトポトとそこら中に落ちてきました。とつぜんのこの変わりように最初妻も私もおどろいたのですが、それも慣れてみると美しく思えましたので、二人で身を寄せ合って眺め、笑いました。

しかし少し落ちついてみますと、おかしいのです。何故雪が急にみぞれに変わったのでしょうか？ 私がその疑問を抱くと同時に、空からあられが落下してきました。その時私はとっさに頭を抱えて守り、妻も同じようにしたのですが、やはり寒く痛いのには変わりありません。私達はいっそう身を寄せ合い、互いに温め合って、何とかその尋常でない寒さをしのいでいました。

やがて十分程たったころ、寒さがやわらいできましたので顔を上げてみますと、あられがやみ、かわりに雪が降っておりました。しかし、その雪は普通の雪ではなかったのです。

「雪が…雪が、燃えている！」

そう、その雪は燃えていたのです。空中を舞いながら、ひらひら、ひらひらと。真っ紅に、そう、まさに深紅の血のような色をして。

そして、その炎が椿の蕾の上に舞いおりた時。

ふわあぁっ、と蕾が急速に開き、見事な花を咲かせたのです。

それを皮切りに、次々と開いていく花達。それらはどれも、あの炎と同じ深紅の色をしておりました。

ふわふわと、ひらひらと、紅い炎が宙を舞い、それとたわむれるように開いてゆく椿の花。けれど、その幻想的な風景は、決してありえていいものではないのです。あの椿の花は、新潟でよく見かけた雪椿の花。こんな西の方で咲いているはずがないのです。そして、今は冬。雪椿は春に咲く花ですから、今はまだ雪の下で眠っているはずなのです。なのに何故…と、私がなかば呆然としておりますと、さらに非常識な出来事が起こりました。

ふいに一つ、紅い光が闇の中にともったのです。それは、あの不思議な炎の光ではなく、もっとあざやかで、もっと鮮烈な、紅い紅い、真紅の光でした。

その光がどんどん大きくなって玉になり、それでもまだ大きくなり続け、やがて人ほどの大きさになるまでに、そう時間はかかりませんでした。

それは、巨大な椿の蕾の形をしていました。光が蕾の形をとったとでもいえばいいのでしょうか。いまだにどう言っていいのか、よく分かりません。

そして、その蕾がゆっくりと開き…

中から人が、出てきたのです。

そのひとは、漆黒の長いかみをしていました。そのまつげは長く影を落とし、はだは雪のように白く、唇は紅く色づき、そして…その瞳はどんな椿もかなわないほどの、紅い、紅い、真紅の色をしていました。

今でも悩んでいるのですが、果たしてその人が男であったのか女であったのかはよく分かりません。とにかく、その人は美しかったのです。一目見て、人ではないと分かる程に。

「お主ら、逃げてきたのか?」

そう問いかけられた時、私はとっさに返事ができませんでした。しかし、何とか残った思考能力をかき集め、

「はい、新潟から」

と答えました。

「そうか…大変であったな。しかし、もう心配は要らぬ。ここは暁藩、いや、現在は市というのであったか?とにかく、ここは、はみ出しものの集まる所じゃからな、安心して住めばよい。そうすれば、いずれはお主らの『探しもの』も見つかることじゃろう」

その時、私は心の底から安心感を覚えたのです。ここに居ていいのだと、新潟から逃げてきて以来初めて思うことができました。それまで疎外されてばかりだった私達を受け入れてくれる人がいる、それがとほうもなく嬉しかったのです。

「暁の地へ、ようこそ」

最後にそう言って、その人は消えてしまいました。そしてその後にはただ、椿の枝が一本落ちているだけでございました。

「あっ、椿!椿が咲いた!」

娘の声が回想を中断させ、私を現実に引きもどしました。

「うん？」

庭を見てみますと、椿の花が咲いています。まるであの雪の夜のように、紅く、紅く、あざやかに。

あの後、地元の人にあの不思議な体験を話してみたところ、椿の精霊に出会ったのだと言われました。私達が見慣れぬ者であり、また、誰にも受け入れられずさまよっているようだったので、少し心配になって出てきたのだろうと。そして、気まぐれもあって己の一部である枝を残していったのだろうと。

その枝は妻が大事に拾って植え、世話をし、今では家の庭できれいに咲きほこっています。そう、それが、私達の見ていたあの椿なのです。そこまで思った時、私の中にひらめくものがありました。

「もしかして、お前がお菓子の作り方を教わった友達というのは…」

そう娘に問いかけた私でしたが、途中で口を閉じました。娘がいかにも意味深げな笑いを浮かべたからです。

そして、それと同時に私はあることを思い出しました。我が家では十五年間欠かさず毎食感謝の思いで一人分を椿の前に供えているのですが、それが毎回無くなっているのです。

まさか…

そう思ってとなりを見ると、妻もこちらを向いていました。そして目が合い、二人で同時にニッと笑いました。

最後に、あの人の言っていた「探しもの」について。

「探しもの」。それが何であるのか、最初私には分かりませんでした。ですが、この地で十五年暮らした今は分かります。

それはきっと、「自分達を認めてくれる居場所」だったのです。自分達を受け入れてくれる、仲間だと言ってくれる場所。それが多分、私達の求めていた、探していたものなのでしょう。

そんな事を考えながら、今椿を眺めています。となりには妻と娘が居て、三人で笑っています。

ヒカリ

富松莉子（岡山市立操山中学校3年）

私は、朝の海辺を飛んでいました。鳥の姿で。〝ヒカリを吐き〟ながら。

私達は、ヒカリをたべて生きています。いや、正確には、よごれたヒカリを消化し、きれいにしてから世界に送り出す、ということを繰り返しながら生きています。

その時は、昨日の五時ごろにたべた『太陽のヒカリ』を吐き出している最中でした。これは毎日のこと。自分達の創った朝焼けにうっとりとしていると、ふと、自分と同じように朝焼けを眺めている少女がいることに気がつきました。私は『心のヒカリ』をたべようと、砂浜に座っている少女に近づきました。

『ヒカリ』といってもさまざまな種類があります。『電球のヒカリ』『太陽のヒカリ』『月のヒカリ』…そして『心のヒカリ』。これが一番栄養があります。これらのヒカリをたべるため、実体をもたない私達はまたさまざまな姿に化けてヒカリに近づくのです。夜、街灯に集まっている虫達の中にも、私の仲間は大勢います。

さて、少女に近づいた私は、まず驚きました。彼女の心の中に、少しのヒカリのかけらも転がっていなかったからです。朝焼けを海に見に来る人なんてものは、疲れた心を癒やし、生きることの希望をもつ人が大半だというのに。少女の長い髪の間からのぞく瞳は、まっすぐと朝焼けを見ています。決して絶望でも希望でもないその顔には、どこか不気味さすら感じます。まるで何かをあきらめているような。

私はヒカリをたべるという目的をあきらめ、彼女の心に一かけらのヒカリを置いて、そそくさと飛び立ちました。あくまで私達の役目は、〝世界をきれいなヒカリで満たす〟こと――。飛び立つ私を、少女が見上げたような気がしました。

次の日も少女は海へ来ていました。その日も朝焼けを創っていたのですが、昨日のことで少女に興味が湧いていた私は、巻き貝の姿になって、彼女のそばに転がりました。そして、またもや驚かされることになるとは。

昨日、私が彼女の心に置いていったヒカリのかけらは、昨日のそのまま、きれいなままだったのです。

人間は、せっかくのヒカリも、時間がたつにつれて、優越感、一人よがり、傲慢さ、そういうものでよごしてしまいます。そんなものよりは、私達が『心のヒカリ』をたべた後、人間が自分を責めたり、人を恨んだりする気持ちの方が私にはきれいにすら思えます。

でも。そのどの気持ちも少女にはありませんでした。

突然、彼女が私をつかみました。彼女が初めてとった具体的な行動でしたから、とび上がりそうになりましたが、私はただの少し大きな巻き貝にしか見えていないのだから不思議ではありません。

彼女は私を耳におしあてました。きっと、巻き貝から聞こえる『波の音』を聴いているのでしょう。

――この子はどんなことを考えているのだろう――

いくらでもヒカリをよごしてしまう人間に辟易していた私がそんなことを思うなんて、自分でも信じられません。でも、耳から伝わる彼女の温度を感じていると、そう思わずにはいられませんでした。

それからも毎日少女は海へやってきました。毎日私は彼女の心にヒカリのかけらを置き続けました。初めて見た、いつまでもきれいなヒカリに惹かれたのかもしれません。

ある日、私は小枝になりました。彼女は私で砂浜に大きな、大きな絵を描きました。

ある日、私は大きな岩になりました。彼女は私に座って、少し音痴な声で、最近流行っているらしい歌を歌いました。

ある日、私は汚れたスケッチブックになりました。彼女は私をちぎって作ったたくさんの紙飛行機を海へ向かって飛ばしました。

日の出から決まって一時間、少女との交流は続きました。それが数日か、数週間か、数か月か、数年かはもう覚えていません。

そうしているうちに、少女の心のきれいさのわけが分かりました。彼女は他人と自分を比べる目をもっていないのです。自分の行動に自信をもっている。自分が自分のことを一番よく分かっているという誇りをもっている。それでいて、決して他人を見下さない。

これは、私にとってうらやましいことでもありました。自分勝手な思いでヒカリをよごす人間を見下していた…。彼女と関わって、自分のこのような気持ちに初めて気がつきました。

自分勝手なのは自分自身じゃないか。自分の気持ちに正直な人間の方がまだましだ。こんな奴に〝世界をきれいにする〟資格なんかない。私は、自己嫌悪の渦に飲みこまれていきました。

そんな中、自分についても一つ、気がついたことがありました。

私は〝消えかかって〟いる。

〝消える〟ということはつまり〝死ぬ〟ということです。

少女と関わることに夢中になって、最近、ヒカリをたべることをしていなかったせいでしょう。どんな生き物でも、食事を摂らないと死んでしまうのは当たり前です。自分が大嫌いになっていた私は、べつにそれでも良かったのですが、一つ気がかりなことがありました。

それは、少女の心にたまっていくヒカリのことです。毎日私が彼女の心に置くヒカリのかけらは、よごれもしないかわりに、なかなかたまりもしないのです。それでも、少しずつたまったヒカリのおかげか、少しは明るくなったような気もしますが、初めて彼女を見た時のどこかあきらめたような表情は変わりません。彼女に何が起こったのか。あの時感じた不気味さは、いつしか、彼女がいなくなってしまうのではないか、という不安に変わっていたのでした。

——私は最後の時まで、彼女にヒカリを与え続けよう——

何度考えても、たどりつく結論はそうなりました。人間でも、神様でもない私は、彼女の悩みを聞くことも、一瞬で彼女の心をヒカリで満たすこともできないのですから。最早、私が生きる理由はそれしかありませんでした。

ついに、その日はやって来ました。

私は、彼女の心に最後のヒカリのかけらを置きました。その瞬間、目の前が暗転しました。視界が完全に黒で塗り潰される直前、少女の姿の向こうに見えた朝焼けは、今まで通りに、うっとりとするほどきれいでした。

——少女の鼓動の音が聞こえます。次に私の視界が開けた時、私は彼女の体の中にいました。そして私は、直感的に、分かったのです。

ああ、私は、『ヒカリをたべる生き物』なんかではなく、『ヒカリ』そのものだったのだ、と。

私は血管を通って、彼女の体のすみずみまで張り巡らされていきます。頭の天辺から足の指の先まで。人間の『心』というものは、体のいたるところにあるのだなぁ、と分かります。
私は——ヒカリは、少女が生きているかぎり、世界がここにあるかぎり、いつまでもこの世界からなくなることはないのです。

私は海へ来ていた。十何年ぶりだろう。地形は変わっているけれど、ここにある不思議な輝きは今も変わらないなぁ、としみじみと思う。

この、どこから生まれているのか分からない輝きに、まだ少女だった私は救われたのだ。

天涯孤独になって、周りに誰一人としていなくなって。朝焼けにすら感動できなくなっていたとき、私の心にやさしく寄り添ってくれたのは、この場所にある輝き——光だった。

大空に羽ばたく鳥に。砂浜に転がっている巻き貝に。今にも折れそうな小枝に。どっしりと座っている岩に。捨てられたスケッチブックに。

もし私の心が見えるなら、まだ、あの頃の心の穴はふさがっていないと思う。それでいい。無理に埋めようとしたら、それまでの大切な思い出も消えてしまう気がするから。

それに、その心の穴が痛くなったとき、今の私にはこの場所での大切な思い出がある。その思い出がまた私の心に寄り添ってくれる。

この場所から初めて見る夕焼けは、うっとりとするほどきれいだった。

選後評

一般の部

少女の心の成長の物語～一作品に寄せて～

岡山地域教育資源研究会
岡山県立瀬戸高等学校　教諭　北　村　庸　江

『さくらさくおかへ』

書き出しから、はる子ちゃんの気持ちに寄り添って読みました。寂しい気持ちで一人植物園へ向かう少女の切なさ、お誕生日を祝ってくれるかのように咲く満開の桜を楽しみにわざと下を向いて階段を上がる少女の弾む心。ひょっとするとこの植物園は住宅地の中にある岡山市の半田山植物園ではないでしょうか。私は毎週のように訪れていた場所ですので、花壇の様子も登り坂も階段もすべてがリアルに目に浮かびますのでよけい少女の歩みの一歩一歩が鮮明に像を結んだのかもしれません。

さて少女は一輪も咲いていない桜の木にがっかりし、「世界中で、たった一人になったようなさみしい気持ち」になりました。その時現れたおじいさんから「桜を見ようとしたことで感じられる幸せ」や見知らぬ同士が出会うことの幸せを教えてもらいます。おじいさんの目が「なんだかきらきらして」いて「すてきなおとぎ話をするときみたいなひとみ」であったことから、おじいさんの温かさが伝わってきました。「来年もここであえるといいね」と約束をした少女は年の離れたお友達に会えるかな、とおじいさんのことを思って歩く時間の楽しさを知ったのです。

「だれかがじぶんのことを知っているというだけで、こんなにも心があったかくなる」というフレーズに惹かれました。人とつながることの安心、幸せを改めて感じさせていただきました。少女が知った出会いの嬉しさ、信じて待つ楽しみは人生の中で最も大切なことの一つだと思います。作者の方の伝えたいことがはっきり伝わっていると思います。作品からほんのりとした桜色が浮かんでくるお話でした。

最後に審査会で出た意見をお伝えします。一つ目は春だから「はる子」という名づけ方は安易ではないか、一工夫できないか、という点。二つ目は家から三十歩の植物園という設定なら、花の匂いが微かに流れているとか、風に木の葉が舞っているとか、せっかくの設定を活かす工夫があればなおよかったという点。三十歩は唐突でしっくりこないという意見も。私は住宅地の中にある植物園ということで違和感を持ちませんでしたが。三つ目は、おじいさんがはる子の名前を知っているのが疑問で、作者がその存在を必要だとしたいわば都合によって登場させられた感が強く、不自然でなじめないという点。私は桜の精みたいな非現実的な存在と受け取りましたが、読み手によっていろいろな感じ方があるということを知っておいていただけたらと思います。多くの読者が自然に作品世界に入っていけるようにいろんな視点から見直してみることが必要なのではないでしょうか。来年もぜひ、素敵な作品を書いてください。楽しみにしています。

『月を見上げて』

小学2年生の美空の元気さがよく伝わってきて、最後まで明るくイキイキとした雰囲気が一貫して保たれていました。爽やかな読後感が残りました。

月の兎が月に閉じ込められ、神に仕えて餅作りをさせられてかわいそうだと素直に思っている美空に、兎は教えます。「自分の思い込みを人に押し付けるのはよくないことだ」と。兎は不幸どころか、友達のきつねやさるが自分の行動を尊重してくれたこと、遠く離れている今も友達と心を通わせていること、自分の行動の誤りを悟らせ、月に昇らせてくれた神に感謝していることなど、美空にとっては意外なことばかりでした。美空が兎の話をしっかり受け止め、心の成長を遂げたことがよく伝わり、読者である私も晴れ晴れとした気分になれました。美空の持つ、人の話を聞く素直さに好感が持てました。

最後に審査会で出た意見をお伝えします。一つ目は「月を見上げて」というタイトルからは、何か壮大な感じをイメージするが、大きな展開がなく、内容とそぐわないのではという点。二つ目は月の話だから「美空」というネーミングは安易でもう一工夫ほしいという点。三つ目は月に兎、兎が餅を搗くというモチーフは古く、新鮮味がないので新たな宇宙観があればよかったという点。四つ目は対象が小学校低学年の方がよいのではという点。月をテーマにもっと構想の大きな作品が生まれると素晴らしいと思いました。来年も期待しています。

クリエイティヴなストーリーという言い方は、トートロジーなのである

詩人・岡山大学准教授・文学博士　みご　なごみ

トートロジーとは、レトリックの用語で、様々な側面を持ってはいるものだが、「新しい新車」と言う時、「馬から落馬する」と言う時、そして、それをさらにストーリーのレベルで同じことを言ってしまうなら、「クリエイティヴなストーリー」と言う時、そもそもストーリーを書くこと自体が、創作的な（クリエイティヴな）行為なのだから、それはトートロジーということになる。

この当たり前な、禅問答のような「始まりから始めて」みたのは、言葉で何かを創る快感をだんだんと人が忘れて、だんだん麻痺して新しい世界をプロデュースしたい欲求から離れているのではないかと、今回の選考にあたって、特に感じてしまったからである。是非、新しい言葉の世界を応募していただきたいと思います。心待ちにしています。

さて、私の方からは、個別な選評として以下の2作品について。

まずは、「なつのサンタクロース」。この作品の泥棒と女の子の関係を読んでいく時に、泥棒が見せるアナログな側面をどう考えるとか、ストーリーの起伏の幅が少し足りないのではとか、そのような認識からの評価もあるだろうとは思われる。だがしかし、この作品に関しては、もっともクリエイティヴに注ぎ込まれているものとして、パロディーの面白さがある。よく知られた赤ずきんちゃんの絵本をわざわざ留守番が始まった時に少女に読ませ、そこで、泥棒に、「…の…はどうしたの？」の疑問の繰り返しが敢えて行なわれている。他のレベルでのパロディーも含まれていると思われる中で、我々読者の方は、このストーリーを視覚的に再現する時に、元になっている物語の特徴を踏まえながら、ほくそ笑みながら、読み進めるのである。最近私は、イギリスの著名な絵本作家のアンソニー・ブラウンの作品などの、強烈にパロディーのファクターで魅了するものに触れることが多く、特にこの「なつのサンタクロース」に興味を持ったところである。

次に、「アベルと竜」。この作者は、相当の読書好

きな方で、特にファンタジーの世界に魅了されているように思われた。書き出しの目を見張るスムースさは選考委員の中でも触れられたことであった。そして、ストーリーを紡ぎ出していく力量を強く意識させる作品であった。ただ、扱っている物語の厚みからして、紙面の量にもっと意欲的に挑戦して、その世界を大きく完結させるような意気込みが欲しかった。また、文章のスタイルがミステリーの分野で見られるテイストに影響を強く受けていて、それゆえに、独自の言葉の選択がもう少しあれば、その工夫が、クリエイティヴに繋がったと、そこが惜しまれるところであった。

手持ちの情報だけで紡がない

ノートルダム清心女子大学教授　村中李衣

大いに悩みました。あぁ、きっと頑張って仕上げられたのだな、と作者の熱意や工夫に気を取られて、なかなか物語世界に没頭できない。つまり、読んでも、読んでいる私の立ち位置が揺さぶられない、心を奪われないのです。

　それはたぶん、自分の持ち駒だけで作ろうとしているからだと思います。自分の知っていること、体験したこと、好きなことをかき集めて、どこかで聞いた風なものを作り上げてしまう。この方法に慣れてしまうのは要注意です。幼い子どもは純粋で、その純粋さに心打たれるのは荒くれた大人や傷ついた者たち。太陽は気高くて、冒険の道しるべになる。年寄りたちの悲惨な体験の裏には、奪われなかった人を愛する心があって、モノに溢れた現代を生きる少年たちは、知らず失ったなにかを、貧しき時代の伝道者によって知ることになる。こういう敷きやすい道の上に「書けるという幸福」を乗せるだけでは、読者は「あぁ、そうくるよな」と思うだけで、新しい驚きに巡り合えません。

「白ねこのまるちゃん」は、飼い主である3歳の愛らしい男の子を守りたい一心で、他者と違う鳴き声を持つコンプレックスをネコが克服する物語です。わかりやすい柔らかい文体で書かれていて、とろりと甘い感傷で読み進められますが、そのとろりは、てるちゃんとまるちゃんという人間とネコが「幼さ」という括りの中でいっしょくたに表現されているからです。「じゃぎょうしょうこうぐん」という非常に魅力的な響きの病にもっと焦点を当て、その病がなんであるかをもっと徹底的に創りこむと面白かったのでは。

「与太郎さま」は、出だしの五行が全くもって惜しいです。なぜ、児島湾の干拓地の広さを伝えるのに「北海道の広大なジャガイモ畑」を持ち出さなければいけなかったのでしょう。これこそ、手持ちの比喩情報の安易な使い回しです。でも、ストーリーが進んでいくと、おかやまの戦国武将についての生き生きとした描写が続き気持ちよく読めました。ただ、肝心の主人公が、何の行動も起こさない。史実の語り部の位置にとどまってしまっているのが残念でした。思い切って歴史上の人物と主人公のぶつかりあいを、がっちり描く新しい展開に再挑戦してほしいと思いました。

応募されたどの作品にも（書いてあげるね）というような、書かれるものたちへの作者の愛情が感じられました。この愛情を愛情のまま溢れかえらせるのでなく、煮えたぎる釜の中に放り込み、わからないことは雰囲気で書き進めず徹底的に調べ上げ、すっかり形を変えて差し出されることを期待しています。

「童話」で磨かれる「五感」と「創造力」を信じて

おかやまアナウンス・ラボ㈱代表取締役・コミュニケーション講師
森田恵子

視覚・聴覚・嗅覚・味覚・触覚。目・耳・舌・鼻・皮膚を通して生じる五つの感覚である「五感」を、私たちは日常的に使っています。動物やヒトが持つこの感覚は、元来「危機管理能力」を発揮させながら、周囲の刺激を受け「五感」そのものを発達させてきています。日常生活や自然の中での体験の積み重ねが、「五感」を磨き、それが人の成長やコミュニケーションに大きく関わってくることも頷けます。「童話」という存在は、文字を見る、読む、想像するというプロセスの中で、この「五感」が育っていく貴重な場である、と私は感じています。「童話」は子どもが読むもの、子どもの「五感」を育むものだけではない、ということも。

入選作の『小さなケロちゃん』は、冒頭から声の描写があります。「ケロケロ」という擬音語。その「ケロケロ」の文字を確認したときに、私自身の中に響いたカエルの鳴き声と、他の読み手の中に聞こえてきた鳴き声とでは、音やリズムも恐らく違うと思われます。『葉の色にとけこむような緑色の小さな小さなカエル』『ぬるりとした手ざわり』『小さなカエルははるかの手の中で首をちぢめていました』色や、触れた感覚、手の力加減など、いつの間にか私は主人公の『はるか』になっていて、この作品の作者とは似ているようで違う自らの「五感」を使って物語の中に入ることができました。『けんたくん』がつかまえてきた『ケロちゃん』のためのエサであるバッタをかわいそうだと思う主人公、『人間だって生き物を食べているんだ』という現実にぶつかったときの『かなしくなった』感情、『ケロちゃん』のお母さんが探しているかもしれないと思ったときに『むねがどきどきして』くる様子。挿絵がなくても、いえ、ないからこその文字からの「刺激」により想像がわいてくるのであると実感しています。一見、よくある題材、ともとれるこの作品は、シンプルで短い文章の連なりの中に、「五感」のアンテナを向けさせてくれた印象を持たせてくれました。また、捕獲したカエルを最後は元の場所に返すストーリーの中で、主人公の気づきや成長を描けていると思います。一方で、タイトルをもう少し工夫してみてはどうか、カエルの生態そのものに焦点を絞った描き方があってもいいのではないか、という点が気になったのも正直な感想です。

選外ではありましたが、『バレンタインの頃に』は、私自身の「五感」を動かしてくれる作品として強い印象を残してくれました。現在から過去にタイムスリップした主人公の『咲』、戦後をたくましく生きようとする人たちとの関わり、その人たちの存在が自分につながっていたことを知るくだり、戦争を繰り返してはならないという静かな決意、30枚をしっかり書いたという作者の達成感も伝わってきました。歴史的な要素を盛り込んだ内容に敬意は表しますが、歴史的な背景の調査不足や理解不足の点がいくつかあるのは否めません。戦場に従軍していた神職者のことを一言で表現するだけでは、童話作品の中では逆にわかりにくさが出てきます。またその事実関係なども調べているとは思いますが、その裏付けが読み手の私には感じられませんでした。タイトルにもひかれ、「バレンタイン少佐」の登場も唐突かつユニークだと思いましたが、西洋と日本の「バレンタイン」の風習や歴史の違いもあるため、描き方に注意が必要だと私は考えています。

「童話」は、読み手の想像力と創造力を養ってくれるものです。言葉を紡ぐことが誰かの「五感」を刺激し成長へとつなげてくれるきっかけになっているのです。『市民の童話賞』を通して童話を書くという大きな挑戦をしてくださった方々へのエールを改めてお送りいたします。

にじみ出る奥底からのものを活かして

ノートルダム清心女子大学文学部教授　山　根　知　子

文学ってこの世界になぜ存在しているんだろう。文学の作者となって作品を生み出していくということにどういう意味や実りがあるんだろう。文学に関わろうとする皆さんには、こんな問いを発していただきたいと思います。文学を生み出す作者と、それを受けとる読者のなかに生まれる世界に、ほかの分野にはない、文学でしか表現できないかけがえのない心の働きが感じられます。そこには、自分の心の奥底の問題と深く関わる要素があるからだと思われます。今回の応募作品を読ませていただく際にも、そうした作者として作品を生み、応募して下さった皆さんには、感心する思いでした。

今回も応募作品を読む際に、作品ににじみ出た作者一人一人の心に触れたいという気持ちで読ませていただきました。そうして読んでいると、伝えたいという思いが感じられるものと、とにかく一つの作品らしくまとめようとしてはいるものの作者の心が感じられず伝えたいという思いが弱いものとが区別されてきます。また、伝えたいという思いが感じられる作品のなかでも、その伝えたいという内容が、その人の内側から発した自分にしか書けない独自のものであると感じられるものと、伝えたいと思う要素が、少々ありきたりのものとなっている作品とが分かれてきます。つまり心に響いてくるのは、何かを伝えようとする自己の奥底からにじみ出る内側からのメッセージ性の強さと、そしてそれは自分にしか書けないものなのだという独自性であるといってよいでしょう。

毎年、より客観的な評価による選考をするために、様々な観点による確認をさせていただいていますが、その観点として、表現力や構成力はもちろんながらも、こうした自己の奥底からのメッセージ性や独自性を備えている作品には、より高い評価が与えられます。

そうした観点も含め、選考委員の皆さんと話し合った結果として、今年は残念ながら最優秀賞を出すことができませんでした。まずは、創作にあたって自己の心の奥底から何が衝き上げようとしているのか、自分を見つめてみていただくことを願っています。それは自身にとって貴重な作業になり、そこから生まれる創作作品に自分の心が入っていくものとなると信じます。そうであれば、最初にひととおり書く作品は少々荒削りでも、まずは自己の奥底からのものを作品にぶつけてくださることが望まれます。そのあとの推敲作業で、構成を吟味したり表現を整え直したりできますから。

さて、優秀作は一点でしたが、第一部の「おとうと」が選ばれました。子どもの内側から、子どもの感性を描いた作品に挑戦したことに感動しました。ただし、姉の一人称で、過去の出来事のみを振り返った壮大な一人語りに終始してしまったことが、何より大きな基本構造の問題として惜しまれます。それと関連して、冒頭から姉は弟には「へんなくせ」があると紹介していますが、常識にとらわれないで発見をする弟の純粋な感性に対して、姉は先入観や常識から見ているのかどうか、もちろん愛情から弟に寄り添う視点がメインと思われるものの、姉は弟より何歳年上で弟に対してどのような心理的立場なのか疑問に思われ、姉の一人称ならば、そこから姉自身の葛藤を含む心の描写や成長など、現在進行形の姉自身のストーリー展開が望まれたといえます。加えて、題名にも工夫がほしかったと思われます。

選外の作品では、第二部の「バレンタインの頃に」は戦争直後の時代を描いた意欲作であり選考で議論にはなりましたが、一昨年にも最優秀作と優秀作に戦争体験が描かれた作品が評価を得ており、特にその最優秀作「優しい神様」と同様に現代の主人公がタイムスリップするという類似の構造です。この良く見られる構成を脱して、さらに独自の構成や内容の深さにおいて過去のレベルを超えてほしいと、今後に期待を込めるということになりました。

今回の応募者もこれから初めて応募する方も、自分ならではの心の奥底を自分なりに見据えることで次なる作品へとつなげていただけるよう応募をお待ちしています。

小中学生の部

蕾の力

日本児童文学者協会会員　片山　ひとみ

やっと、待ちわびた新たな扉が開かれた喜びと安堵に浸る審査だった。

いや、昨年頃から少しだけ開いた扉の向こうに、膨らみ始めた花の蕾を垣間見ていたのかもしれない。ひっそりと、しかし、着実に、柔らかな花びらをほころばせてゆく成長に息をひそめ、祈る思いで見守っていたのだろう。

なぜ、これほどまでに高揚感を抱くのか。

十五年前、選考委員となった秋、応募原稿がドサリと届いた。現在行われている予備選考はなく、全ての応募原稿を読まなければならなかった。

当時、テレビゲーム全盛期。応募作品の大半は、漫画の吹き出しかと錯覚する、「ウォーッ」、「キャー」、「ドガーン！」など、派手な擬声語、擬態語の連続だった。

そういう原稿は、一見すると余白だらけに映る。作者が繰り広げる仮想世界は、読み手には難解で空疎でしかなく、原稿を書く子どもたちの姿勢に、危うさと悲哀さえも覚えた。

彼らは今、どんな文学に親しんでいるのだろうか。

以来、何度か扉は開かれた。身を乗り出して見るが、そこには、設計図や骨組みまでの作品、体裁だけ整えたものが並んでいた。

だが、今回は、自分の世界を言葉に託すことができた作品の多くに出会えた。人間の内面を見つめ、社会を風刺する、血が通い、体温を感じる作品だ。さらに、緩急をつけ、登場人物の表情や言動に含みを持たせ、感情をそのままではなく、常套句も避け、説明し過ぎない配慮。行間を生かす問いかけや訴え、主張など、一見読者を突き放したような空間が、かえって読み手に委ねられた、光を探る感覚の興奮さえ覚えるほどだった。

例えば、「雪椿の咲く夜」、「ヒカリ」は、書き込み過ぎない、読者が想像を楽しめる余白と余韻を残している。「純白銀河と天使列車」は、伏線の張り方を工夫し、登場人物に異世界の距離感を縮める人間味を帯びた魅力を与えることができた。

物語を構築できるかどうかは、子どもたちが、映像など完成型に近い創造の世界と関わってきたか、文字や言葉を読んだり聞いたりして、目に見えない「無」のイメージを膨らませ、「有」にしながら創造する術を身に付けたかによるのかもしれないと、この十五年間の応募作の流れを見て感じ入っている。

入選。「さるのルンちゃんと夏祭り」、構成もしっかりしており、ヒヨコの台詞も効果的である。心和む展開で読後感も良い。「キュウリ化け大会」、細やかなキュウリの観察力、キツネの描写も絶妙である。日頃からの視点の豊かさが伺える。「うその名人」、軽妙で、無駄がない台詞、展開、どんどん読み手を引き込んでゆく個性的な登場人物や時代背景にも、審査員一同高評価であった。「純白銀河と天使列車」、前述したが、幻想世界をブレずに構成できる筆力を感じる秀作。

佳作。「雪椿の咲く頃」、燃える雪、たわむれるように咲く椿、静と動の迫力が鮮やかに描写され、結末にも、様々な含みを説明し尽くさずに見事な余韻を残している。「ヒカリ」、冒頭からユニークな展開を落ち着いた筆致で進めることで、人間の内面に迫る深遠なテーマを鮮やかに描くことができた。

選外となったが、「食事処『満喫』」は、描写の確かさ、小気味好い台詞、豊かな感性に力量を感じた。作者の将来に期待している。

人間には、結果を急ぐ、「到着する人間」と、物事の過程を楽しむ、「旅する人間」の二つのタイプがあると、ジェフリー・ディーバーは書いている。規定十枚のゴールを目指すあまり、進展ばかりに固執することなく、自分も読み手も物語という旅の過程を楽しめる作品を綴ってほしいと、芳香を放ち始めた蕾の力を応援しながら切に願った。

推敲をしてみよう

詩の会　ネビューラ同人　中　川　貴　夫

小学生の部では「キュウリ化け大会」「さるのルンちゃんと夏祭り」の二作品が印象に残りました。「キュウリ化け大会」は物語を通じて作者の柔らかな感受性にふれる事ができました。また対象物をよく観察しており、その目は家族の方とのふれあいの中で育くまれたものだと思います。「さるのルンちゃんと夏祭り」は主人公のルンちゃんと五羽のひよこのきょうだいがとても愛らしく描かれています。文字も丁寧に綴られており、作者の人柄を感じました。

中学生の部は「ウソの名人」「純白銀河と天使列車」。

「ウソの名人」は構成がしっかりされており、無理なく読み進む事ができました。完成度の高い作品です。しかし、前に書いた文章の消しかたが悪いため読みづらい文字が数ヵ所ありました。今後読み手を意識して書いて下さるようお願いします。

「純白銀河と天使列車」は異星人たちとの交流が楽しく綴られています。最後の主人公と少年のシーン。短い文章で忘れられたはずの記憶がよみがえった場面は素敵です。

全体として今年の作品を見ると、小学生の部は子供らしい素直な手ざわりを持つ作品が少なく、残念に思っています。中学生の部は力作が多かったのですが作品としてつじつまの合わない物語がありました。佳作の「雪椿の咲く夜」は椿の精霊の幻想的な美しさを書く事に比重をおきすぎたため、登場人物の印象が弱くなってしまいました。「ヒカリ」は作者の発想に素晴しいものを感じました。ただヒカリと少女がリンクしていないため作品のテーマを十分理解する事ができませんでした。選外になりましたが、「あなたはダレ」「トキツブシ」は今一歩の所でした。

作品を提出する際、もう一度推敲する事をおすすめします。自分の訴えたかった事は何なのか。作品として読者の心にどう残ってくるのか。今以上の作品を書くためにとにかく推敲が大切です。そうすれば全体の構成が見えてきて、きっと良い作品が生まれる事と思います。

岡山の子供たちのさらなる成長を願ってやみません。

あともう一息、もう一工夫

岡山市立芳田中学校　学校司書　西　村　百　代

台風の翌日、図書館の窓を開けて上に目をやると、ひつじ雲が浮かんだ見事な青空が見えました。あ、これは「マグリットの空」。シュルレアリズムの画家ルネ・マグリットは作品の中に空と雲をたくさん描いていますが、その空にそっくりだったのです。我ながら、なんと素敵な発見をしたのだろうと、一人悦にいって、これからはこんな空の事は「マグリットの空」と呼ぶことにしようと決めました。でも、他にもこんな事を思いつく人がいるのではないかと気になって、インターネットで「マグリットの空」を検索してみました。すると、ブログの写真のタイトルやら短歌やら俳句やら、山ほど出てくるではありませんか。同じようなことを思う人がたくさんいるのだなと、自分の平凡さにがっかりしました。

　市民の童話に応募される作品に、毎年必ず入っている題材があります。それは蝉。幼虫として地中で何年も過ごし、成虫となってからは1週間ほどで死んでしまう、そこをモチーフにしています。募集の時期が夏休みにかかっているので、蝉は身近な存在なのでしょう。ですから、同じ事を思いつく人がいても不思議はありません。けれども、ほとんどの作品が、1週間の命である蝉の悲しい恋の物語になってしまうのが残念なのです。せっかく見つけたモチーフを誰もが思いつくお話にしないために、もう一息、もう一工夫が欲しいのです。ちなみに、最近では、蝉は地上に出てから1ヶ月ほどは生きているというのが常識のようです。扱う題材については、少し調べてから描いた方がいいでしょう。

　さて、送られてくる作品全てを、予備選考として岡山市の学校司書達で読ませてもらっています。みなさんが本気に描いてくださった作品ですから、学校司書達も本気で読んでいます。今年の応募作品を読ませていただいて、話題になった事を書いておきましょう。

　まず、小学生の作品では、例年見かけるＲＰＧのような作品は少なくなりました。おじいちゃんやお姉ちゃんなど身近な家族を描いた作品が増え、素直な書きぶりに好感が持てました。また、学校で学習したのでしょうか、環境問題や戦争を題材にする作品もいくつかありましたが、ほとんどが物語ではなく説明文のようになってしまっていたのが残念でした。大きなテーマを物語として十枚にまとめるのは難しいだろうと思います。

　ところで、原稿用紙十枚以内という応募規定を守っていない作品がいくつかありました。残念ですが、規定を守っていない作品は、どんなに素晴らしくても選考に残すことはありません。また、今年も読書感想文と思われる作品がいくつかありました。どちらも、応募の際にきちんと注意をしてもらいたいと思います。

　中学生の作品は、比較的粒が揃っていたように思います。設定や書き出しに工夫があって、この先どうなるのだろうと楽しみになる作品が増えてきました。原稿用紙の使い方などを見ても、ていねいに描こうとする姿勢が伝わってきます。ただ、書き出しの工夫が最後までもたず、唐突な結末に終わる作品もあったのは残念でした。毎年書いていることですが、作品を仕上げたら、是非何度か読み返してください。自分の描きたいことは何なのか、それがきちんと読み手に伝わるように描けているのかを確かめてください。物語を作る作業は、自分と向き合う苦しい作業でもあるでしょう。そんな作業を続けてみなさんが生み出した作品は、本当に貴いものだと思っています。あともう一息頑張って、結末まで血を通わせてもらいたいと思うのです。

話の生まれる街

ノートルダム清心女子大学准教授　星　野　佳　之

入選作は、どれも楽しい作品でした。

　小学生の部の「さるのルンちゃんと夏祭り」は、物語がテンポよく進んでいきます。たんていのルンちゃんの問いかけに、ひよこのきょうだいがいっせいに答えたりする工夫が効いています。五人(羽)もいるのだから、中には関係ないことを言う子がまぎれていてもいいかもしれません。「キュウリ化け大会」は出《で》だしがとてもよく、すっと話の世界に入れます。キュウリもよく観察されていて、話の実感を支えていると思いました。キツネが「キュウリ化け大会」を毎年するというのは不思議な感じがしたので、「今年のテーマがキュウリ」とかでもよいかなと思ったのですが、どうでしょう。

　中学生の部の「うその名人」は、時代物でサスペンスで落とし話という難題を、さらりとこなした傑作です。登場人物も、威張ったお侍とそれを苦々しく思う大工見習い、それを横目に余裕の棟梁《とうりょう》と、見事に描き分けられています。桂米朝の「鹿政談《しかせいだん》」という落語を思い出しました（黒住君も聴いてみてください）。「純白銀河と天使列車」は不思議な設定を違和感なく読ませてくれます。「僕」が最初に列車に乗り込んだエピソードを描かない、〝再会〟の一瞬を「目の奥で火花が散ったような感覚。」の一文で表現するなど、思い切りのよさが快い読後感につながるのでしょう。「僕」と運転手さんのそれまでの交流は、少し書いておいてもよかったかもしれません。

佳作はどちらも、難しいテーマに取り組んだ心意気がいいと思います。「雪椿の咲く夜」は、「駆け落ちの回想録」を中学生が書くのは難しいところだと思いますが、よく書けていると思います。告白の文体が印象的なだけに、この告白がどのような人に語られようとしているのかが作品内に組み込まれると、もっと深みが出るのではないでしょうか。「ヒカリ」は、「私」というこの作品独自の種族の視点を通じて、人間のあり方を見つめ直すよう読者に迫る作品です。難解になりそうなところを手堅く語り進める手腕が随所に見られます。「あの頃の心の穴」について、一切具体的に書かないところを、私は作者としての決断と前向きに受け取りましたが、選者同士で評価が分かれるところでした。「(後半の)私」が縁遠い存在になってしまう難しさはあるかもしれません。

選外にも、いい作品がありました。小学生の部の「運動会」、最初の五行で「くつ」の世界に引き込まれます。新しいくつの期待と現実というテーマは独創的ですし、ちょっと苦い終わりも素晴らしい。ただ、運動会なので、くつ以外の者たちが入ってきていたらもっとにぎやかになったのではないでしょうか。中学生の部の「東京旅行記」は、新幹線で東京に行く際のディテールが良く、しかしこれに頼り切りにならずに一つの旅行記になっています。特に大きな〝事件〟を設けないところも良いのですが、童話としては、新幹線の中に何かしらもう一つの「世界」があった方がよいかもしれません。「自分探しのツチノコ」も楽しく読みました。語り口が軽妙ですし、ツチノコのことを、読者がツチノコ本人と一緒になって少しずつ知っていく感覚が味わえます。ヘビやトカゲの取材もうまく物語に乗っています。それだけに最後、ツチノコが今とこれからをどう生きようと思うに至ったか、書き切ってほしいと思いました。

他にも色々なお話がありました。自分は毎年毎年たくさんのお話が生まれる、いい街に住んでいるんだなと思いました。

第33回岡山市文学賞「市民の童話賞」作品募集

[募集期間]
平成29年6月1日(木)~平成29年9月5日(火)(消印有効)

[募集要項]

・部　門

一般の部

第1部　幼児から小学校低学年向けの作品
400字詰め原稿用紙5~10枚。使用漢字は小学校低学年程度

第2部　小学校中・高学年向けの作品
400字詰め原稿用紙10~30枚。使用漢字は小学校高学年程度

小中学生の部
400字詰め原稿用紙10枚以内の童話・SF・ファンタジーなど(5枚以上が望ましい)
※さし絵つきの作品の場合、絵は白い紙に描き、裏に学校名と名前を記入してください。

・応募対象

一般の部
岡山市内に在住・通勤・通学している人、以前、岡山市内に居住・通勤・通学していた人

小中学生の部
岡山市内に在住・通学している小中学生

・賞・記念品

一般の部
最優秀　1　名(賞状・たて・図書カード3万円分)
優　秀　2　名(賞状・図書カード1万円分)
入　選　若干名(賞状・図書カード5千円分)

小中学生の部
入　選　5名程度(賞状・図書カード5千円分)
佳　作　若干名(賞状・図書カード3千円分)

・入賞者発表
平成29年12月頃、発表予定

・作品集の発行
入賞作品集「おかやま　しみんのどうわ　2018」を市内等の書店で販売予定
※入賞者全員に贈呈いたします。

・応募規定

（1）未発表（インターネット上も含む）の創作童話で、他へ応募していない作品。部門を通じて1人1作品に限ります。なお、過去に一般の部で最優秀となった人は応募できません。

（2）応募作品はお返ししませんので、必要な方は事前にコピーをお願いします。

（3）作品はA4判横長原稿用紙に、読みやすい字（楷書）で縦書きし、ページ番号を記入してください。パソコン等利用の場合は、A4判横長に20×20字の縦書きで印字してください。

（4）応募用紙（コピー可）に必要事項を記入して作品に添付し、郵送または持参してください。（審査の公正のため、作品には題名と本文のみ記入してください。）

（5）入賞作品の著作権は作者に帰属しますが、最初の出版権は主催者が保有するものとします。

（6）入賞作品集の出版にあたり、編集上、必要な修正を加えることがあります。

［作品の送り先・お問い合わせ先］

〒700―8544

岡山市北区大供一丁目1―1　岡山市役所7階　文化振興課内「童話」・「イラスト」・「感想・エッセイ」宛

電話：086―803―1054（直通）

FAX：086―803―1763

Eメール：bunkashinkou@city.okayama.lg.jp

主催　岡山市・岡山市文学賞運営委員会

「市民の童話賞」にご応募いただく皆様へ

岡山市文学賞「市民の童話賞」
選考委員からのメッセージ
http://www.city.okayama.jp/bungaku/dowa-msg/

岡山市文学賞運営委員会では、「市民の童話賞」に応募してみようという皆様へ、選考委員からのメッセージを「岡山市文学賞」ホームページに掲載しております。ぜひ、童話を書かれる際は参考にしてください。

あわせて「岡山市文学賞」ホームページの様々なコンテンツもご覧ください。次ページでご紹介しています。

「岡山市文学賞」ホームページのご案内

岡山市文学賞ホームページ
http://www.city.okayama.jp/bungaku/

岡山市文学賞運営委員会が開設する「岡山市文学賞」ホームページでは、岡山市文学賞（坪田譲治文学賞／市民の童話賞）に関する情報とあわせて、坪田譲治およびその作品についてご紹介しています。

おもなコンテンツ

◆坪田譲治文学賞とは／受賞者一覧

坪田譲治文学賞の概要、選考委員、歴代受賞者一覧を掲載。
受賞作決定の際は、受賞作の紹介と選評、受賞者からのメッセージも掲載。

◆坪田譲治の人と作品

坪田譲治の人物像とおもな作品をご紹介。さらに、坪田譲治の魅力にふれられる関連ホームページにもリンクしていますので、ぜひご覧ください。

＜関連ホームページ＞

・学生による坪田譲治ワールドへの招待
・坪田譲治の文学作品　　・坪田譲治を訪ねて

◆市民の童話賞とは／受賞者一覧

市民の童話賞の概要、選考委員、歴代受賞者一覧、作品を書くときに参考になる「選考委員からのメッセージ」を掲載。

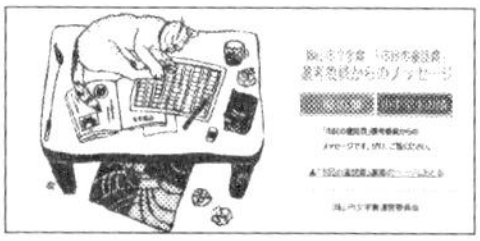

市民の童話賞
「選考委員からのメッセージ」

岡山市文学賞 で検索！

おかやま　しみんのどうわ 2018
第33回「市民の童話賞」入賞作品集

2018年1月1日　初版発行

編　者　岡山市・岡山市文学賞運営委員会
岡山市北区大供一丁目1－1
電話 086-803-1054

発　行　ふくろう出版
〒700-0035　岡山市北区高柳西町 1-23
友野印刷ビル
TEL：086-255-2181
FAX：086-255-6324
http://www.296.jp
e-mail：info@296.jp
振替　01310-8-95147

印刷・製本　友野印刷株式会社

ISBN978-4-86186-700-2 C0093